Alfred Paetz

Schwarze Geschichten
skurril und absurd

Das Buch :

Diese Geschichten beinhalten einiges an Grausamkeiten, manchmal logisch aber auch sehr oft unlogisch und absurd. Es ist aber auf jeden Fall etwas irre.
(Wie sein Schöpfer)

Der Autor :
Alfred Paetz
Im (Un) Ruhestand
Verheiratet + Sohn

Alfred Paetz

Schwarze Geschichten
skurril und absurd

Druck und Verlag
BoD – Books on Demand Norderstedt

Bibliographische Information der Deutschen
Nationalbibliothek. Die Deutsche Nationalbibliothek
verzeichnet diese Publikation in der Deutschen
Nationalbibliografie, detaillierte bibliographische
Daten sind im Internet unter http//dnb.dnb.de
abrufbar.

© 2016 Alfred Paetz
Herstellung und Verlag
BoD - Books on Demand, Norderstedt
ISBN 978-3-7412-2356-3

Inhaltsverzeichnis

Annika	7
Ein beschissenes Leben	25
Chicago 1920	28
Überraschung	39
Bis das der Tod uns scheidet	45
Nachkommen	56
Sprich nie übers Wetter	65
Ratten	71
Der letzte Brief	82
Die Wiedergeburt	84
Verhängnisvoller Irrtum	101
Scheißtechnik	104
Der Grill	116
Bombenstimmung	118
Haut Cuisine	130
Amazonas	144
Späte Rache	151
Stimmen	164
Krawall in Walhall	168
Epilog	173
Scheißkrieg	175

Für

Heidi und Markus

Annika

Als ich die Pizza im Wagen hatte und in Richtung Kasse ging, wurde ich auf sie aufmerksam. Sie drängte mich ab und war dann vor mir an der Kasse. Sie drehte sich um und lachte mich an. Sie war ca. 20 Jahre alt, dunkelblond, mindestens 1,80 m groß und trug eine modische Brille mit rechteckigen Gläsern. Dem Typ nach war sie entweder Studentin oder Abiturientin und sie sah in ihren Jeans und der Parka ähnlichen Jacke recht sportlich aus. Ein Blitz durchfuhr mich und ich bekam Herzklopfen. Am Einpacktisch standen wir nebeneinander und ich sah, wie sie etwas umständlich mit ein paar Schokoriegeln umging. Als ich meine Pizza in die Tüte schob, sah ich zu ihr rüber und sie lachte mich wieder an.

Wir gingen gemeinsam raus und brachten unsere Einkaufswagen zu ihrem Standplatz. Da lachte sie und sagte: „ Ich hoffe du bist mir nicht böse als ich mich an der Kasse vordrängte." Ich grinste und sagte: „ So ein nettes Mädchen darf bei mir alles." „ Ich werde dich beim Wort nehmen." In diesem Augenblick sah ich unseren Nachbarn den Parkplatz reinfahren. „ Hier stehen wir nicht günstig, wir fahren lieber die hintere Ausfahrt raus." Sie kapierte sofort und ging zu ihrem Golf. Ich setze mich in mein Auto und fuhr hinter ihr her. Sie fuhr etwa zweihundert Meter und hielt dann an. Als ich hinter ihr stoppte stieg sie aus und lehnte sich an ihr Auto. Ich stieg aus und ging etwas unsicher auf sie zu. Sie lachte und meinte: „ Konnten wir noch ungesehen flüchten?" „ Ja, ich glaube es hat uns niemand gesehen." „ Dann ist ja gut, hier sieht uns bestimmt niemand."

Sie rückte etwas näher und sagte mit leiser Stimme: „ Als ich dich im Geschäft sah, wurde mir heiß und ich bekam Herzklopfen." Ich erwiderte mit zittriger Stimme: „ Mir ging es genau wie dir." Ich stand da wie ein Trottel und wusste nicht wie ich mich verhalten sollte. Sie half mir über die Verlegenheit hinweg indem sie meine beiden Hände nahm und mich an sich zog. Reflexartig umarmten wir uns und um uns ging die Welt unter. Nach einer unendlichen Ewigkeit lösten wir uns voneinander. Wir sahen uns lange in die Augen, dann fragte ich sie: „ Ist das eigentlich richtig was wir tun?" „ Wieso nicht?" „ Ich bin doch fast dreimal so alt wie du." „ Das ist mir egal, ich möchte nur mit dir zusammen sein." „Ich auch, aber denk bitte daran dass es nicht von Dauer sein kann." „Wenn wir uns nur ab und zu sehen könnten, würde mir das genügen – übrigens ich heiße Annika." „Ich heiße Paul." Sie grinste mich schelmisch an und sagte: „Und das ist Paulchen?" Dabei fuhr sie mit ihrer Hand an meiner Hose entlang nach unten. Jetzt wurde mir noch heißer. Irgendwie wurde meine Hose immer enger. Ich nahm ihre Hände und schob sie von mir weg damit ich in ihre Augenschauen konnte. Ich erklärte ihr, dass ich die ganze Woche mit dem LKW unterwegs wäre und nur am Wochenende wieder nach Hause kommen würde. Sie meinte wenn wir uns am Wochenende für ein oder zwei Stunden sehen könnten, würde ihr das genügen. Dabei sah sie mich an wie ein waidwundes Reh.

„Ok, das bekommen wir hin." Sie strahlte mich an und meinte: „Hast du noch ein wenig Zeit, dass wir uns näher kennenlernen können." Sie zog mich zu ihrem Auto und als wir eingestiegen waren, klappte sie die Liegesitze runter und fing an wie wild mich zu küssen. So eine Wildheit hatte ich schon lange nicht mehr erlebt. Eine planlose Fummelei begann, bis sie nach einiger Zeit meine Hose öffnete und mit ihrem Kopf nach unten sank. Sie bearbeitete mich mit einer

Routine welche ich ihr niemals zugetraut hätte. Nach ein paar Minuten hatte ich eine Eruption, dass ich fühlte als wäre ich der Ätna auf Sizilien.

Unter dem Sitz zog sie ein kleines Handtuch hervor. Sie reinigte erst ihr Gesicht, dann machte sie mich so inbrünstig sauber, dass ich Angst hatte es passiert wieder etwas. Sie schaute mich an und flüsterte: „ Himmel, war das eine Menge." Ich zog ihr die Hose nach unten und sagte zu ihr: „ Komm jetzt bist du dran." Ich fuhr mit der Hand zwischen ihre Beine. Kaum war ich richtig an Ort und Stelle, war es auch schon passiert. Sie heulte wie ein ganzes Rudel Hyänen. Als sie sich beruhigt hatte zogen wir uns an und ich sagte zu ihr: „Für heute müssen wir Schluss machen. Meine Frau arbeitet samstags nur den halben Tag und wenn sie nach Hause kommt, muss ich da sein, sonst merkt sie etwas."

Annika zog ihr Shirt zu recht und meinte leise: „ Versprich mir, dass du dich bei nächster Gelegenheit bei mir meldest." Wir tauschten noch unsere Handynummern aus und bevor sie ausstieg sagte ich zu ihr: „ Ruf mich bitte niemals zu Hause an, damit wir nicht in Schwierigkeiten kommen."

Sie versprach mir hoch und heilig, dass sie mich höchstens anrufen würde, wenn ich mit dem Lkw unterwegs sein würde.

Als ich nach Hause kam, war Helga noch nicht da. So konnte ich mich noch frisch machen und meinen seelischen Zustand in Ordnung bringen. Es kam mir vor als wäre ich in einem gigantischen Alptraum. Es war irgendwie unwahrscheinlich, dass ein so junges Mädchen mit mir etwas anfangen wollte. Ich nahm mir vor, nicht den Kopf zu verlieren und auf der Hut zu sein.

Plötzlich hörte ich den Schlüssel in der Haustüre. Helga kam nach Hause. Sofort kam bei mir ein etwas schamvolles schlechtes Gewissen hoch. Ich schluckte zweimal und hoffte, dass sie mir nichts ansah. Helga kam hereingestürmt und fiel mir sofort um den Hals. Wir hatten uns ja die ganze Woche nicht gesehen.

Als ich morgens von meiner Tour nach Hause kam, war sie schon zur Arbeit gegangen. Ich rief sie an und sie meinte ich solle nur etwas schnelles zu Essen besorgen, einkaufen für das Wochenende würden wir später tun. Sie strahlte mich an und meinte: „ Du siehst etwas mitgenommen aus, willst du dich gleich nach dem Essen etwas hinlegen?" Obwohl ich mich nicht fit fühlte konnte ich das nicht machen. Schließlich hatten wir uns beide aufeinander gefreut. „ Nein, wir gehen nachher zusammen einkaufen und später sehen wir dann was wir noch unternehmen können." „ Machst du bitte Kaffee und schiebst die Pizza in den Backofen?" Als wir dann in der Küche saßen und unseren Kaffee tranken, sagte sie leise zu mir: „ Ich bin so froh, dass du wieder gesund nach Hause gekommen bist." Ich schluckte und sah sie an. Mir war klar, dass ich heute eine riesige Dummheit begangen hatte. Niemand konnte Helga ersetzen, sie war die einzige die ich liebte. Ich muss schnellstens wieder Ordnung in meinem Leben schaffen.

Als wir mit dem Essen fertig waren, meinte sie ich solle mich ausruhen und ein wenig hinlegen. Sie wollte sich sowieso erst um die Wohnung und die Wäsche kümmern. Da ich noch ziemlich aufgewühlt war, war mir das ganz recht. Ich legte mich im Wohnzimmer auf die Couch und versuchte zu schlafen. Meine Gedanken liesen dies aber nicht zu. Nach einiger Zeit hielt ich es nicht länger aus, ich stand auf und ging zu Helga. Sie lachte als sie mich sah und meinte: „ Du bist ja schon wieder wach, kannst du nicht schlafen?"

„Nein, ich möchte lieber dir helfen, damit wir früher zum Einkaufen gehen können."

Helga räumte noch ein wenig auf und schaltete eine Waschmaschine ein. Dann fuhren wir zum Einkaufen.

Wir genossen es jede Woche einen gemütlichen Einkaufsbummel zu machen. Als wir kurz vor den Backwaren nach links in den nächsten Gang einbiegen wollten, rammte sie mich mit ihrem Einkaufswagen. Annika flötete zuckersüß: „ Entschuldigen sie bitte, ich habe sie gar nicht gesehen." Mich traf fast der Schlag. Ich glaube ich zitterte am ganzen Körper. Ich brachte kein Wort heraus. Helga jedoch lachte und sagte: „ Nichts passiert mein Mann lebt ja noch." Sie lachten sich beide an und Annika düste mit einem breiten Grinsen davon.

„Du siehst aus als hättest du ein Gespenst gesehen." „Ich war mit meinen Gedanken woanders, deshalb bin ich erschrocken." Wir gingen weiter, aber von einem gemütlichen Einkaufsbummel konnte keine Rede mehr sein. Ich zitterte noch innerlich und beinahe hätte ich mir die Hose vollgepisst.

Nach dem Einkaufen fuhren wir noch zu meinem Lkw um die Lebensmittel für die nächste Woche zu verstauen. Als wir dann zu

Hause alles aufgeräumt hatten, tranken wir Kaffee und ich noch einen großen Whiskey. Ich war mit den Nerven am Ende. Ich musste mit Annika sofort Schluss machen. Diese Aktion zeigte klar und deutlich, dass sie einen an der Waffel hatte.

Das Wochenende wurde zu einer unendlichen Qual. Meine Selbstvorwürfe nahmen schon fast dramatische Formen an. Helga fragte mich mehrmals ob ich irgendwelche Probleme hätte. Aber ich schob alles auf eine anstrengende Woche.

Quälend langsam verging der Sonntag. Als es auf 22.00 Uhr zuging, war ich heilfroh als Helga mich zu meinem Lkw brachte. Helga half mir noch mein Bett in der Schlafkoje zu richten, dann verabschiedeten wir uns. Helga ging zu ihrem Pkw und fuhr los.

Als ich meine Ladepapiere durchgesehen hatte und den Motor startete, sah ich sie. Annika hielt mit ihrem Auto direkt vor dem Lkw. Sie stieg aus und kam strahlend auf mich zu. Ich stieg auch aus damit ich sie nicht in den Lkw reinlassen musste. Sie fiel mir sofort um den Hals und knutschte mich im ganzen Gesicht ab. Ich schob sie etwas unsanft von mir und sagte: „ Bist du verrückt geworden, wir hatten ganz klar vereinbart wie wir uns verhalten wollten." Sie machte ein zerknirschtes Gesicht und meinte sie hätte riesig Sehnsucht nach mir gehabt. Sie würde in Zukunft besser aufpassen. Ich sagte ihr, dass ich mir überlegt hätte, dass es besser wäre wir würden diese Geschichte schnell wieder beenden. Sie sah mich ungläubig an und meinte: „ Warum willst du mir das antun, ich liebe dich doch." Ich sagte ihr, dass ich nicht eine jahrzehntelange Ehe auf das Spiel setzen wollte. Für den Bruchteil einer Sekunde verzog sich ihr Gesicht zu einer hässlichen Fratze. Dann meinte sie ganz sachlich und vernünftig: „ Vielleicht ging alles etwas zu schnell und wir sollten unsere Verbindung neu überdenken. Wenn du nächstes Wochenende wieder hier bist, sieht vielleicht alles ganz anders aus." „ Du hast Recht, das wird das Beste sein. Ich muss jetzt aber fahren, sonst kann ich meine Termine nicht einhalten."

Sie küsste mich etwas hastig und dann ging sie schnell zu ihrem Auto und fuhr weg. Ich stieg in meinen Lkw und fuhr so schnell wie ich konnte in Richtung Autobahn. Nach mindestens zwei Stunden hatte ich mich soweit beruhigt, dass ich wieder halbwegs klar denken konnte. Diese Episode mit Annika hatte mich beinahe in ein nicht wieder gutzumachendes Dilemma gebracht. So etwas durfte nicht wieder vorkommen.

Nach ungefähr vier Stunden Fahrzeit steuerte ich einen Rasthof an. Hier wollte ich eine Pause machen und einen Kaffee trinken. Ich holte mir einen Kaffee aus dem Automaten und ging zurück zum Lkw. Als ich gerade meine Schuhe ausgezogen hatte, um die Füße hochzulegen klingelte mein Handy. Ich sah auf dem Display die Nummer von Annika. Ich fing wieder an am ganzen Körper zu zittern. Ich meldete mich: „ Was willst du?" „ Sei doch nicht so grob zu mir. Ich wollte mich nur vergewissern wie es in Zukunft mit uns weiter geht." „ Nichts wird weitergehen, wir müssen diese Geschichte schnell beenden." Sie antwortete recht kühl: „ Dann weis ich ja Bescheid. Ich möchte mich nur noch einmal von dir verabschieden, dann bist du mich für immer los." Ich sagte etwas versöhnlicher: „Selbstverständlich, wenn ich wieder zu Hause bin rufe ich dich an." „ Alles klar." Sie legte auf und ich saß da und wusste nicht was ich von diesem Anruf halten sollte. Da alles anscheinend problemlos zu Ende ging fiel mir ein riesiger Stein vom Herzen. Ich konnte meinen Kaffee kaum halten, so sehr zitterte ich. Aber mehr vor Freude. Ich jubelte innerlich. Ich bin nochmal heil aus dieser Scheiße rausgekommen.

Die Tage vergingen wie im Flug. Ich war permanent in Hochstimmung. Als ich am Freitag in Bremen losfuhr, hatte ich wieder ein beklemmendes Gefühl. Die Aussprache mit Annika lag mir etwas im Magen. Wenn alles verkehrsmäßig gut ging, konnte ich gegen fünf Uhr früh zu Hause sein. Ich rief Annika an und sagte ihr wann ich ungefähr zu Hause sein würde. Sie lachte und meinte: „Ich werde ein letztes Mal auf dich warten." Ich entgegnete nur dass ich jetzt losfahren müsste, damit ich pünktlich zu Hause wäre.

Nach ungefähr vier Stunden machte ich eine Pause. Einerseits hatte ich ein wenig Angst vor dem Zusammentreffen mit Annika, andererseits verspürte ich eine Erleichterung wenn endlich alles geklärt wäre. Die letzten Stunden der Heimfahrt waren eine einzige Qual.

Als ich auf dem Hinweisschild sah, dass es noch ein Kilometer bis zur Ausfahrt war, bekam ich Herzklopfen welche so heftig waren, dass es schon fast wehtat.

Als ich den Kreisverkehr umrundete und in die Straße einbog, sah ich von weitem

Annikas Auto stehen. Ich hielt kurz hinter ihr an. Als ich den Motor abstellte öffnete sich die Beifahrertür und sie stieg aus. Sie streckte sich ein wenig, so als hätte sie geschlafen. Als ich ausstieg kam sie lächelnd auf mich zu und wollte mich umarmen. Aber ich schob sie von mir und sagte: „ Lass das bitte, es ist vorbei." Ihr Lächeln verschwand und sie sagte leise: „Komm, ich habe noch ein Abschiedsgeschenk für dich."

Wir gingen zu ihrem Wagen, sie öffnete die Beifahrertür und beugte sich hinein. Ich blieb stehen und war gespannt was jetzt kommen würde. Als sie sich aufrichtete hatte sie etwas langes in der Hand, was aussah wie ein Baseballschläger. Als ich fragen wollte was das sein sollte, kam er auf mich zu. Sie traf genau meine Stirn. Ein wahnsinniger Schmerz durchfuhr mich und bevor ich das grelle Licht das ich sah, bewundern konnte umfing mich eine wohltuende Ohnmacht.

Ein gewaltiger Druck umfasste meinen ganzen Körper. Ich sah nur ein grelles Licht. Ich blinzelte mit den Augen bis ich schemenhaft eine Person neben mir sitzen sah. Ich wollte etwas sagen, brachte aber nur ein undefinierbares Geräusch heraus. Die Person, welche neben mir saß sprang hoch und rief: „ Schwester er ist wach." Jetzt konnte ich mich besser orientieren. Die eine Person neben mir war Helga, die andere die hinzukam eine Krankenschwester. Ich lag im Krankenhaus. Langsam kam die Erinnerung hoch. Annika und der Baseballschläger.

„ Na, Langschläfer sind sie wieder wach?" Ich war noch ganz benommen und wusste nicht was ich sagen sollte. Helga hielt meine Hand und drückte sie zärtlich. Die Schwester sagte mehr zu Helga als zu mir: „ Ich werde sofort dem Chefarzt Bescheid sagen." Als sie gegangen war wandte Helga sich an mich und fragte: „ Was ist passiert, was wollte dieses Weib von dir?" Ich druckste ein wenig herum und sagte dann: „ Es tut mir leid aber ich habe eine riesige Dummheit gemacht. Es war nur einmal und ich wollte es beenden da ist sie ausgerastet und hat mit einem Baseballschläger auf mich eingeschlagen." Sie hat probiert dir den Sack abzuschneiden, wenn nicht ein durch Zufall vorbeikommender Radfahrer dazwischen gegangen wäre."

Ich war entsetzt. Jetzt wusste ich woher der Druck im Unterleib kam. Ich sah Helga an: „ Was hat sie mir angetan, wie schwer bin ich verletzt?"

Helga grinste mich etwas sadistisch an und meinte ein wenig schadenfroh: „ Du hast jetzt einen Hoden weniger, was bedeutet, dass du einen schiefen Sack hast. Was deinen Kopf betrifft, einen Hohlraum kann man nicht so schnell erschüttern."

Dann flog die Tür auf. Der typische Chefarzt kam hereingestürmt. Weiße Mähne und mit einem energischen Blick überflog er den ganzen Raum. Ein Tross von Assistenten und Speichelleckern buckelte hinter ihm her. Ein kurzer Blick in die Akten. Ein amüsiertes Lächeln blitzte auf: „ Sie sind also der Unglücksrabe welcher überfallen wurde." Ich nickte nur. Eine Assistenzärztin klärte ihn über meinen Zustand auf. Auch dass die Polizei noch eine Aussage von mir haben wollte. Und schon war der ganze Spuck vorbei.

Da ich schon immer nahe am Wasser gebaut hatte, flossen mir ein paar Tränen herunter. Helga streichelte mir den Kopf und meinte dann, sie müsse noch Einkaufen weil es schon ziemlich spät wäre. Dann ging sie.

Ich hatte eine unruhige Nacht. Immer wieder ging mir alles durch den Kopf. In regelmäßigen Zeitabständen kam eine Schwester und schaute nach mir. Am nächsten Morgen als das Frühstück kam ging es mir bedeutend besser. Zumindest liesen die Selbstvorwürfe nach. Da ich noch nicht das Bett verlassen konnte, kam eine Schwester und wusch mich etwas ab. Ich lachte sie an: „ Oben reicht es, aber unten gibt es nichts mehr zu waschen." Sie lachte: „ Da ist noch mehr als genug da." Als sie fertig war, war ich wahnsinnig erleichtert und ein riesiger Stein fiel mir vom Herzen.

Irgendwann ging die Tür auf und Helga kam herein. Sie schaute vorsichtig wie es mir ging. Als sie mich grinsen sah, war auch sie erleichtert. „ So wie es aussieht geht es dir wieder ganz ordentlich." Wir unterhielten uns eine Zeitlang, erwähnten aber die ganzen Ereignisse welche vorgefallen waren nicht. Dann kam eine Schwester herein und sagte draußen wäre die Kriminalpolizei. Sie öffnete die Tür und ein Mann und eine Frau kamen herein. Sie wiesen sich als Kriminalbeamte aus. Sie wollten wissen wer Helga ist und meinten sie könne selbst entscheiden ob sie dabei sein wollte oder nicht. Helga sah mich fragend an und ich sagte sie solle ruhig hier bleiben.

Ich erzählte wie ich Annika kennenlernte und was alles vorgefallen war bis zu dem Zeitpunkt als der Baseballschläger auf mich zukam. Die beiden sahen sich an und ich sah wie sie sich zunickten. Die Beamtin räusperte sich und sagte: „ Die besagte Annika ist uns nicht unbekannt. Sie wird schon seit Monaten wegen ähnlicher Straftaten gesucht." Der Beamte mit Namen Weber nickte und sagte: „ Die Dame hat einiges auf dem Kerbholz, unter anderem auch eine schwere Körperverletzung mit Todesfolge." Die beiden verabschiedeten sich und meinten, wenn sie noch Fragen hätten, würden sie noch einmal vorbeikommen.

Helga hatte kreisrunde Augen und brachte kein Wort heraus. Ich sah Helga an und sagte leise: „ Es tut mir leid." Helga schluckte und meinte: „ Ich denke du hast aus dieser Sache etwas gelernt. Wir werden das zusammen durchstehen." Ich hatte Tränen in den Augen und nickte ihr dankbar zu. Wir unterhielten uns noch eine Weile über völlig belanglose Dinge. Dann sagte Helga sie wolle noch ihrem Chef Bescheid geben, dass sie noch ein paar Tage Urlaub nehmen würde.

Später kam eine Schwester und wechselte mir den Verband. Sie war sehr freundlich und als ich anscheinend etwas erschreckt schaute, munterte sie mich auf und meinte der wichtigste Teil wäre noch dran und er sei auf jeden Fall noch zu gebrauchen. Das munterte mich auf und wir scherzten noch ein wenig miteinander.

Gegen Abend kam Helga wieder und die Stimmung zwischen uns war um einiges besser als am Morgen. Sie brachte mir ein paar Bücher mit, damit es nicht zu sehr langweilig wurde. Wir unterhielten uns über alles Mögliche, wobei wir aber meine Dummheit die ich begangen hatte nicht erwähnten. Als es Abendessen gab, ging Helga. Sie streichelte mir den Kopf und küsste mich, wobei sie mich liebevoll ansah. Mir schossen ein paar Tränen in die Augen weil sie trotz der Dummheit welche ich begangen hatte, zu mir stand.

Ich nahm ein Buch zur Hand um etwas zu lesen, konnte mich aber nicht so recht konzentrieren. Später kam dann die Nachtschwester um nach zu sehen ob alles in Ordnung ist. Dann probierte ich zu schlafen. Ich benötigte lange bis ich einschlief.

Irgendwann rüttelte mich jemand unsanft. Ich bekam kaum die Augen auf. Ich sah verschwommen eine Krankenschwester vor meinem Bett stehen. Sie fragte ob ich Paul wäre und als ich dies bejahte fragte sie: „Kennst du mich noch?" Ich bemühte mich im

Halbdunkel etwas zu erkennen. Sie machte eine etwas hellere Beleuchtung an. Dann durchfuhr es mich wie ein Blitzschlag. Vor mir stand Annika. Sie grinste: „ Diesmal entkommst du mir nicht." Sie hob ihre Hand und ich sah ein Messer auf mich zu kommen. Ich wollte schreien, jedoch es war zu spät. Ich sah nur noch ihr verzerrtes Gesicht und dann durchfuhr mich ein wahnsinniger Schmerz.

Erst sah ich viele Blitze, dann flog ich wie durch einen Tunnel auf ein schwarzes Loch zu. Das war´s gewesen.

Denn der Engel des Todes kam mit Sturmgewalt.
Georg Gordon Byron (engl. Dichter)

Ein beschissenes Leben

Ich taumle einfach so in der Gegend herum, seit meine Partnerin so grausam ums Leben kam. Sie wurde einfach erschlagen. Meine Freunde sind mir behilflich, darüber hinweg zu kommen. Wir kämpfen täglich aufs Neue ums Überleben.
 Als ich gerade wieder Ausschau hielt, um etwas Interessantes zu finden, sah ich sie. Da lag sie, mitten auf der Straße. Eine Katze, die dem Aussehen nach schon länger dalag. Viele Autos sind schon über sie gefahren. Sie ist ganz flach und matschig. Das stört mich aber nicht, ich akzeptiere ihren Zustand. Ich kannte sie, als sie noch lebte. Sie war schwarzweiß und konnte wunderschöne Töne von sich geben. Wir spielten oft fangen miteinander. Sie war sehr flink, aber ich war immer etwas schneller. Sie lebte bei einer älteren Dame die immer Muschi zu ihr sagte. Ich finde das doof. Als ich zu ihr hin wollte, hatte ich ein riesiges Problem mit den Autos. Sie flitzten über Muschi hinweg als wären sie auf der Flucht vor einem großen Tier. Ich schaffte es nicht, zu ihr zugehen um ihr die letzte Ehre zu erweisen. Als ich merkte, dass ich keinen Erfolg haben würde, versuchte ich

mein Glück woanders. Ich konnte mich nicht entscheiden wohin ich sollte,
da von überall die seltsamsten Gerüche kamen. Ich ließ mich einfach von meinem Gefühl in eine Richtung treiben.
Nach einer Weile sah ich eine größere Anzahl von Häuser. Da gab es meistens etwas zu holen. Gleich beim zweiten Haus roch ich etwas. Das musste ich mir näher ansehen. Ein schöner gepflegter Vorgarten lies darauf schließen, dass die Bewohner schon etwas älter waren. Bei solchen Leuten gab es immer etwas zu holen. Sie waren auch nicht so schnell und man hatte immer eine Chance ungeschoren davon zu kommen. Vorsichtig umrundete ich das Haus. Dann sah ich das geöffnete Fenster. Blitzschnell war ich in diesem Raum und sah mich vorsichtig um. Es konnte immer jemand in der Nähe sein, denn dann musste man entweder um sein Leben kämpfen, oder wenn man es schaffte schnell verschwinden. Der Geruch wurde immer stärker. Dann sah ich es, Kuchen und eine riesige Wurstplatte. Die hatten bestimmt ein größeres Fest. Ich schwankte hin und her, konnte mich aber nicht entscheiden. Mich zog es aber dann doch zu dieser riesigen Wurstplatte hin. Wahnsinn! So eine Fülle von

Essen hatte ich noch nie gesehen. Leberkäse, mein Gott, ich stehe auf Leberkäse. Ich stopfte in mich hinein, so viel ich konnte. Dann war mir noch nach etwas süßem. Ich wandte mich dem Kuchen zu. Als ich gerade von der duftenden Creme naschen wollte, ertönte hinter mir ein lautes Geschrei. Ich sah noch einen Schatten auf mich zukommen. Ich drehte mich um und wollte flüchten, aber diesmal schaffte ich es nicht, schneller zu sein. Zwei große Hände klatschen zu und ich direkt dazwischen. Und so ging auch ich direkt in den Himmel aller Schmeißfliegen zu meiner Partnerin.

Hat eine Schmeißfliege kein Recht auf Leben?
Alfred Paetz

Chicago 1920

„ Hey James" – der rothaarige Ire drehte sich um und sah den bulligen Vorarbeiter auf sich zu kommen. „ Hast du McFlaherty gesehen. Der Bastard ist schon wieder verschwunden. Wenn er wieder Propaganda gegen die Gewerkschaft macht, wird er bald Probleme bekommen." „ Ich habe ihn heute nur kurz gesehen ansonsten kümmere ich mich um meine eigenen Angelegenheiten." Glen der Vorarbeiter brummte nur: „ Ihr steckt doch alle unter einer Decke." Glen Rice Eltern waren Engländer, da war eine angeborene Abneigung gegen Iren nur natürlich. In den Union Stock Yards, den größten vereinigten Schlachthöfen der Welt brodelte es seit einiger Zeit. Seit die Gewerkschaften bemerkt hatten, dass zwanzigtausend Arbeiter ein Vermögen an Beiträgen einbrachten, knirschte es an allen Ecken und Enden.

In ganz Chicago brodelte es. Zuerst waren es die Dockarbeiter, welche bluten mussten. Ohne Vorwarnung waren sie plötzlich in der Gewerkschaft. Wer sich weigerte bekam keine Arbeit mehr oder er wurde irgendwann in einem Hafenbecken gefunden.

Die Südseite von Chicago war fest in der Hand der Mafia. Jim Colosimo und Jonny Torio herrschten dort mit harter Hand. Sie hatten sich ein Imperium aufgebaut und mit Glücksspiel, Erpressung, Prostitution und Alkoholschmuggel ein Vermögen gemacht. Sie waren die mächtigsten Gangster in der ganzen Region, bis eines Tages ein neues Gesicht auftauchte. Kurz darauf waren beide tot und Al Capone übernahm unangefochten ihren Platz.

Die Nordseite war fest in der Hand der sogenannten „ irischen Bande „ unter Charles O´Bannion.

Richtung Westen breiteten sich die riesigen Schlachthäuser der Union Stock Yards aus. Dort versuchte sich eine skrupellose Gewerkschaft auszubreiten. Dies war bei über zwanzigtausend Arbeitern unterschiedlicher Herkunft nicht so einfach.

Bei Schichtwechsel packte James McKeefe seine Tasche und ging mit seinen Kollegen in Richtung Ausgang. Dort stand Glen Rice mit Pat McFlaherty und sie diskutierten lautstark miteinander. McKeefe verstand nur im vorbeigehen wie Glen Rice ihm unverholen drohte er würde sein Vorgehen bereuen. James Mc Keefe stieg in der Yard Station in den Vorortzug der ihn und viele seiner Kollegen nach Hause in die ärmlichen Vororte brachte.

Als James endlich zu Hause ankam, empfing ihn seine Frau mit einem flüchtigen Kuss. Sie drehte sich wieder zu dem einfachen Küchenherd und rührte etwas heftig die Bohnen und den Speck in der Pfanne um. Sie sagte leise: „ Bei dir in den Yards alles in Ordnung?" „ Alles wie immer, täglich die gleiche Scheiße. Wenn Pat weiterhin so eine miese Stimmung gegen die Gewerkschaft verbreitet, werden wir alle noch mit hineingezogen." Sandy McKeefe drehte sich langsam vom Herd um und sagte leise: „ Heute waren zwei Mann bei Liz. Sie drohten unmissverständlich wenn Pat nicht aufhört mit seinen Hetzereien gegen die Gewerkschaft dann würden sie dafür sorgen, dass er ein paar größere Probleme bekommen würde." James schaute sie entsetzt an und meinte: „ Jetzt machen sie ernst. Hoffentlich hält er sein großes Maul, sonst werden sie ihm schwimmen beibringen."

Sie asen schweigend und vermieden jedes Gespräch über diese Geschichte. Als sie fertig waren machte Sandy das Geschirr sauber. James hatte seine Füße hochgelegt und sah ihr zu. Als Sandy fertig war setzte sie sich zu ihm und sah ihn an: „ Versprich mir, dass du dich aus der ganzen Sache raushältst. Wenn dir etwas passieren würde, wüsste ich nicht wie ich weiter leben könnte." James räusperte sich umständlich, wie er es immer tat wenn er nach einer Antwort suchte. „ Ich werde nichts tun was uns schaden könnte, aber vergiss nicht, dass Pat mein Freund ist." Sandy antwortete heftig: „ Was nützt uns das wenn wir alle tot sind?"

James schwieg, aber seine Gedanken spielten verrückt. Er wusste nicht was er tun sollte. Sie schwiegen und vermieden sich anzusehen. Leise sagte James: „ Ich werde morgen mit Pat sprechen. Vielleicht kann ich ihn überzeugen, dass es das Beste wäre wenn er mit seinen überzogenen Aktionen aufhören würde."

Als sie später im Bett lagen, kuschelte sie sich eng an ihn. Er genoss das immer, aber heute rührte er sich nicht. Er stellte sich schlafend um Sandys Fragen die sie bestimmt noch hatte, auszuweichen.

Nach einer unruhigen Nacht erwachte James wie gerädert. Er hörte wie Sandy in der Küche das Frühstück richtete. Ächzend erhob er sich vom Bett und schlurfte langsam in Richtung

Küche. Sandy drehte sich um und nahm ihn in ihre Arme: „ Setzt dich und trink erst mal deinen Kaffee damit du richtig wach wirst." Er grinste etwas verlegen und meinte: „ Wenn ich dich sehe bin ich immer hellwach." Trotz allen Problemen die sie hatten, scherzten sie täglich miteinander.

Nach einer Weile meinte Sandy leise: „ Versprich mir, dass du dich aus diesen ganzen Krawallen raushältst." „ Mach dir keine Sorgen, ich werde nichts tun was uns schaden könnte. Ich hoffe, dass ich heute Pat treffe damit ich ihm ins Gewissen reden kann. Er muss ja auch an seine Familie denken." Sandy langte über den Tisch und drückte zärtlich seine Hand. Sie saßen noch eine Zeitlang schweigend da. Dann stand James auf und sagte: „ Ich muss jetzt gehen sonst verpasse ich noch meinen Zug." Sandy hatte ihm seine Tasche gerichtet und gab sie ihm. Er drückte sie fest an sich und küsste sie zärtlich. Dann drehte er sich abrupt um und ging. Sandy setzte sich wieder hin und weinte leise vor sich hin.

Als Sandy sich erhob um die Reste von ihrem Frühstück aufzuräumen, klopfte es. Sie ging an die Tür und fragte leise wer da ist. Sie hörte ein Schluchzen und sofort wusste sie wer es war. Als sie die Tür öffnete, stand Liz McFlaherty vor ihr. Sie zitterte am ganzen Körper und Tränen liefen ihr über das ganze Gesicht. Sandy zog sie an sich und als sie die Tür geschlossen hatte hielten sie sich engumschlungen und weinten beide still vor sich hin. Nach einer Weile zog Sandy Liz in die Küche und drückte sie auf einen Stuhl. Sie setzte sich ihr gegenüber und nahm ihre Hände und streichelte sie zärtlich. Als sie sich beide beruhigt hatten meinte Liz: „ Pat ist so ein Idiot, er hat Arbeit wir haben keine Sorgen mehr und uns geht es besser als je zuvor. Und jetzt will er sich mit diesen Verbrechern anlegen." Sandy nickte: „ James hat es mir gesagt. Er will heute mit Pat reden und ihn zur Vernunft bringen. Ich denke das Pat nichts mehr unternehmen wird, was ihn und seine Familie gefährdet." „ Hoffentlich hast du recht. Ich bin froh, dass ihr dies genauso seht."

Sandy und Liz redeten noch lange über ihr Problem und sie waren sich einig, dass sie ihre Männer überzeugen müssten, ruhig zu sein.

James hatte das Gefühl, dass es heute besonders ruhig war. Alle Kollegen arbeiteten still vor sich hin. Normalerweise flogen derbe Scherze hin und her. Heute war aber alles anders. Kevin der nur ein paar Meter neben James arbeitete, kam langsam auf ihn zu geschlendert. „Hast du schon gehört, ein paar von uns hatten gestern Besuch." „Ja, das ist eine ganz üble Sache, ich weiß nicht was ich davon halten soll." Kevin meinte: „Jeder der gegen die Gewerkschaften ist, wird über kurz oder lang schwimmen lernen." „Hey ihr zwei, wir haben noch keine Pause." Die Stimme von Glen Rice übertönte den ganzen Lärm. „Wenn ihr McFlaherty seht, dann schickt ihn zu mir." Der Vorarbeiter drehte sich um und ging weg. Kevin und James sahen sich an, schüttelten den Kopf und gingen wieder an ihre Arbeit. Der Tag wollte nicht zu Ende gehen und die Zeit zog sich wie Gummi. Als endlich die Sirene ertönte, machte sich James sofort nachdem er sich umgezogen hatte, auf den Weg raus aus den Yards. Kurz bevor er zum Tor kam stieß er beinahe mit dem Vorarbeiter zusammen. Als dieser sah mit wem er um ein Haar kollidierte, drehte er sich hastig um und eilte schnell in die Richtung aus der er gekommen war. James war ganz verblüfft über die Reaktion von Glen Rice, war aber froh, dass nicht schon wieder eine unnötige Diskussion entstand.

Zu Hause angekommen nahm er Sandy in seine Arme und drückte sie ganz fest. Sie fragte nur ob es etwas Neues gibt. Dann saßen sie schweigend da und löffelten ihre Suppe. Irgendeine Spannung lag in der Luft. Sie redeten heute sehr wenig miteinander. Auch als sie ins Bett gingen änderte sich nichts an der Stimmung.

Am nächsten Morgen als sie gerade aufstehen wollten, klopfte es heftig an die Tür. James wälzte sich mühsam aus dem Bett. Ihm taten alle Knochen weh von seinem Job. Als es wieder recht laut an die Tür klopfte, rief er: „ Ja, ich komme ja schon." Er schlurfte zur Tür und öffnete sie. Draußen stand Liz und war völlig aufgelöst und tränenüberströmt. Sie stammelte: „ Er ist nicht nach Hause gekommen." „ Komm erstmal herein und erzähl uns alles." Inzwischen kam Sandy aus dem Schlafzimmer und fragte was denn los sei. „ Pat ist nicht nach Hause gekommen." Sandy war entsetzt. Sie nahm Liz in ihre Arme und drückte sie innig. Dann nahm sie ihre Hand und zog sie mit in die Küche. Sie setzten sich an den Tisch und Sandy sagte: „ Ich mache jetzt erst mal einen Kaffee." „ Pat ist doch in der Vergangenheit schon öfter nicht nach Hause gekommen." Liz sah auf und schüttelte mit dem Kopf: „ Dieses mal ist es anders, ich fühle es genau." Sandy stellte den Kaffee auf den Tisch und setzte sich. Als James etwas hastig seinen Kaffee ausgetrunken hatte, stand er auf und meinte: „ Ich gehe jetzt arbeiten. Ich höre mich mal um vielleicht bekomme ich etwas heraus." Er ging ins Schlafzimmer um sich fertig zu machen. Sandy machte inzwischen seine Brote und richtete seine Tasche. Als James in die Küche kam nahm er seine Tasche und gab Sandy einen flüchtigen Kuss. Er drehte sich um und streichelte Liz über die Haare und sagte: „ Mach dir nicht so viele Gedanken, er ist bestimmt schon in den Yards und wartet auf uns." Er ging zur Tür hob nochmal kurz die Hand und draußen war er.

Liz beruhigte sich langsam. Sandy setzte sich neben sie und legte ihren Arm um sie. So saßen sie eine ganze Weile ohne einen Ton zu sagen. Sandy sagte leise: „ Warte bis heute Abend, dann sieht alles ganz anders aus." „Nein, entgegnete Liz, ich weiß es genau dass er nicht wieder kommt." „ Um Gottes Willen, dass kannst du doch so nicht sagen." „ Doch, Pat und ich haben darüber schon mehrmals gesprochen und er war fest davon überzeugt, dass er Probleme bekommen würde."

So redeten sie noch eine Zeitlang hin und her, bis Liz aufstand, um nach Hause zu gehen.

Als James in den Yards ankam, schaute er sich nach Pat um. Er ging rüber zu Kevin um ihn zu fragen, aber der drehte sich um und ging hastig weg. Als er zu Liam blickte, schüttelte dieser unmerklich den Kopf und drehte sich um. James war klar, alle hatten Angst. Als Glen der Vorarbeiter in seine Nähe kam, ging James auf ihn zu. Dieser, normalerweise immer der lauteste von allen, schüttelte den Kopf und sagte leise: „ Lass es gut sein, es ist besser so."

James ging wieder an seine Arbeit. Er konnte sich kaum konzentrieren, denn seine Gedanken rasten unkontrolliert in alle möglichen Richtungen. Als er endlich Feierabend hatte, konnte er es kaum erwarten nach Hause zu kommen. Auch Sandy war ganz nervös und zerfahren. Als James zu der Tür hereinkam, fiel sie ihm um den Hals und sagte leise: „ Ich bin so froh, dass du da bist."

Nach ein paar Tagen kehrte wieder Ruhe in den Yards ein und alles ging seinen gewohnten Gang.

Eines Abends saß James mit einem Drink am Küchentisch und sah Sandy zu, wie sie aus einer Dose, Corned Beef herauspulte. Sie schnitt es in zwei Hälften und wollte es gerade in die Pfanne tun, als sie etwas bemerkte. Sie nahm ein Messer und stocherte in der einen Hälfte des Corned Beef und holte einen Fremdkörper heraus. Es war ein winziges Stück Stoff mit einem kleinen Knopf daran. „Sieh mal was ich gefunden habe." James räusperte sich und sagte langsam:" Ich glaube, ich weiß jetzt wo Pat ist." Sandy bekam große Augen und ihr Gesicht war das blanke Entsetzen. Dann umfing sie eine wohltuende Ohnmacht.

Besser den Tod, als ein Leben ohne Zukunft
Alfred Paetz

Überraschung

Mary streichelte zärtlich über die Hand von Louise. Sie saßen in einem kleinen Café in der Nähe des Parks, in dem sie sich während ihrer täglichen Joggingrunden kennenlernten. Am Anfang verabredeten sie sich zum Joggen, später tranken sie ab und zu einen Kaffee miteinander und kamen sich dadurch näher. Louise tröstete Mary weil diese sich immer öfter bei ihr über ihren Ehemann Simon beklagte. Seit dieser eine Amateurfunkanlage besaß, war er nur noch in seinem Dachzimmer beim Funken in die ganze Welt. Richtig innig wurde ihre Beziehung, als Louise eines Tages beim Joggen einen Wadenkrampf bekam. Sie sank damals mit einem Aufschrei nieder und setzte sich in das Gras neben der Laufstrecke. Mary kümmerte sich rührend um sie und massierte ihr Bein sehr intensiv, auch an Stellen welche nicht betroffen waren. Seit damals wurde ihnen klar, dass sie sich liebten.

Ein paar Tage später meinte Mary zu Louise: „ Ich bin mir nicht sicher ob Simon in eine Scheidung einwilligt. Ich habe keine Ahnung was wir tun sollen damit wir dauerhaft zusammen sein können." Louise meinte lächelnd: „ Vielleicht sollen wir einfach unser Klamotten packen und verschwinden."

„ Es gibt noch eine andere Lösung, aber diese möchte ich mir noch in Ruhe überlegen." Sie sprachen noch über eine Reihe von belanglosen Dingen wie Kleidung, Urlaub und ähnliches, bis sie sich dann zärtlich voneinander verabschiedeten.

Als Mary das Haus betrat kam Simon gerade die Treppe von seinem Reich herunter. „ Na, wen habt ihr heute wieder in die Pfanne gehauen?" grinste er. „ Wie immer ging es nur um dich" entgegnete Mary trocken. Simon lachte und ging in Richtung Küche. „ Ich mache mir ein paar Eier mit Speck, möchtest du auch welche?" „ Nein, danke wir haben in der Stadt etwas gegessen." Sie drehte sich um und ging zu ihrem Ankleidezimmer. Als Simon seine Eier fertig hatte, schaufelte er alles auf einen großen Teller und ging wieder nach oben. Als Mary sich umgezogen hatte, ging sie durch das Haus und öffnete die Terrassentür. Sie drehte den Sonnenschirm so, dass sie auf der Liege nur im Schatten lag. Nach ein paar Minuten stand sie wieder auf und ging in das Haus zurück. Sie holte sich etwas zu trinken und nahm ihr Handy mit hinaus. Sie überlegte eine Weile, dann wählte sie Louises Nummer. „ Hallo Liebling, ich hatte solche Sehnsucht nach dir, ich kann es kaum ertragen, dass ich dich erst morgen wieder sehen kann. Für unser Problem habe ich auch schon eine Lösung." Louise antwortete: „ Hoffentlich geht es mit deiner Lösung schnell, denn ich möchte so bald wie möglich mit dir zusammen leben." „ Das ist ganz einfach, wir bringen ihn um." Mein Gott, wie sollen wir das tun, beim kleinsten Fehler sind wir geliefert." „ Wir überreden ihn mit uns eine Bootsfahrt zu machen. Dann hauen wir ihm den Schädel ein und werfen ihn den Haien zum Fraß vor. Dann können wir sagen, er wäre ins Wasser gefallen und die Haie wären so schnell gewesen, dass wir nichts mehr hätten tun können." „ Du bist ein Genie, das könnte klappen. Nur werden wir ihm nicht den Schädel einschlagen, sondern k o-Tropfen in seinen Drink tun, dies ist nämlich nicht so schnell nach zuweisen, wenn er gefunden werden sollte." „ Ganz große Klasse. Ich kümmere mich so schnell es geht um die Bootsfahrt, denn das müsste in den nächsten ein bis zwei Wochen zu machen sein." Sie verabredeten sich noch für den nächsten Tag und dann verabschiedeten sie sich lange und liebevoll.

Die Tage zogen sich endlos dahin. Mary und Louise trafen sich täglich und sie konnten nicht genug Pläne machen, wie ihre gemeinsame Zukunft aussehen würde wenn sie ihr Vorhaben vollendeten.

Dann endlich fasste Mary den Mut, Simon zu einer Bootsfahrt zu überreden. Er war etwas überrascht, weil Mary kein begeisterter Freund von Bootstouren war. Mary konnte ihn überzeugen, dass Louise gerne einmal eine Fahrt mit dem Boot unternehmen würde.

Dann war es soweit. Sie fuhren um acht Uhr früh los und gegen zehn Uhr sahen sie das Festland nicht mehr. Simon drosselte den Motor und sagte zu den beiden: „ Es ist Zeit für einen kleinen Imbiss und etwas ordentliches zu trinken. Ihr könnt euch inzwischen in die Sonne legen." Als Simon zurück kam lagen die beiden in ihren Bikinis auf den Liegen und sonnten sich. Simon hatte eine Platte mit Sandwiches gerichtet und eine Flasche Sekt geöffnet. Louise meinte mit verschmitzter Miene: „ Das ist ja toll, dein Mann ist ein Engel." Mary grinste Simon an und sagte: „ Manchmal, jedoch nicht immer." Simon stellte alles bei ihnen ab und sagte: „ Ich werde mir ein paar Dosen Bier genehmigen und dann einen Mittagsschlaf halten." Mary und Louise schauten sich an und nickten ihm zu. Simon nahm ein paar Dosen Bier und verzog sich in den Schatten.

Nach ungefähr zwei Stunden wachte Simon durch ein schepperndes Geräusch auf. Mary war über ein paar leere Bierdosen gestolpert. „ Ich wollte nur nachsehen wie es dir geht." „ Danke, prima ich muss nur noch richtig wach werden. Nachher zeige ich euch ein paar Haie." Mary nickte und ging wieder zu Louise. Die beiden hatten inzwischen ihre Bikinioberteile abgelegt und sahen recht knackig aus.

Nach einer Weile kam Simon zu ihnen und holte sie um ihnen die versprochenen Haie zu zeigen. Er hatte einen Eimer mit frischen Fleischbrocken dabei. Am Heck des Bootes sagte Simon: „ Wenn ich jetzt Fleisch in das Wasser werfe, kommen sofort die Haie. Haltet euch deshalb gut fest, damit keine von euch ins Wasser fällt." Dann nahm er ein paar Fleischbrocken aus seinem Eimer und warf sie in das Wasser. Dann kamen sie. Das Meer brodelte als würde es kochen.

Mary und Louise waren von dem Schauspiel fasziniert. Plötzlich stand Simon hinter Mary, packte sie und warf sie in das Wasser. Das Wasser war rot von Blut und der Kampf der

Haie um den Körper von Mary mutierte zu einem grausamen Schauspiel. Louise stieß einen Schrei aus und presste die Hand auf ihren Mund: „ Das ist ja furchtbar, so habe ich mir das nicht vorgestellt." Simon nahm sie in den Arm und sagte leise zu ihr: „ Beruhige dich, wir haben lange genug auf diesen Moment gewartet. Jetzt brauchen wir uns nicht mehr zu verstecken." Dann gingen sie in die Kabine und setzten folgenden Funkspruch ab: „ Mayday, Mayday Person über Bord."

Anständige Frauen sind langweilig
Oscar Wilde

Bis dass der Tod uns scheidet

George Monroe jubelte innerlich, er hatte den Fisch an der Angel. Sein neuer Kunde, ein mittelständischer Betrieb hatte einen Großauftrag an Land gezogen und würde von ihm zwei neue Werkzeugmaschinen kaufen. Georg war Vertreter für Maschinen aller Art und es war nicht einfach diese immer an den Mann zu bringen. Manche Maschinen kosteten immerhin bis zu einer halben Million Dollar.

Als Alan Fitch, der Inhaber des Betriebes, den Vertrag unterschrieb, hatte George Dollarzeichen auf den Augen. Mit der Provision welche er für diesen Auftrag bekam, konnte er mit seiner Familie mindestens drei bis vier Monate gut leben. Jetzt konnte er seine Tour abbrechen und nach Hause fahren.

Er wollte seine Frau Amy überraschen, deshalb rief er auch nicht zu Hause an um seine vorzeitige Rückkehr anzukündigen. Wenn er direkt nach Hause fahren würde, wäre er fast zehn Stunden unterwegs und käme erst nachts nach Hause. Deshalb wollte er noch unterwegs in einem Motel übernachten, um seine Frau am nächsten

Morgen zu überraschen. Nach einer etwas unruhigen Nacht in einem Motel, welches an der Strecke lag genehmigte er sich ein riesiges Frühstück. Nachdem er eine große Portion Speck und Eier mit zwei Tassen Kaffee verdrückt hatte, fuhr er los.

Gegen Mittag sah er Pasadena vor sich. Er wusste, jetzt hatte er noch ungefähr eine halbe Stunde Fahrzeit vor sich. Ihr Haus stand mit noch einigen anderen auf einer Anhöhe. Direkt neben ihnen wohnten ihre Freunde Bill und Grace. Er malte sich in allen Einzelheiten aus, was er mit Amy anstellen würde. Als er die Einfahrt zur Garage reinfuhr hupte er wie immer, dreimal. Er stieg aus und wollte aus dem Kofferraum seine Tasche holen, da kam es ihm vor als wäre jemand ganz kurz am Fenster gewesen. Amy stürzte normalerweise immer aus dem Haus wenn er nach Hause kam, heute jedoch nicht. Er ging langsam auf die Tür zu. Dann plötzlich kam Amy aus der Tür mit einem Gesichtsausdruck als ob er ein lästiger Besucher wäre. „ Du bist schon da? Darauf bin ich aber nicht vorbereitet. Wenn du angerufen hättest, würde ich nicht so dastehen." Sie zeigte auf ihre Shorts und ihr zerknittertes Shirt. George fiel auch auf, dass ihre Haare ganz zerzaust aussahen. So kannte er Amy nicht. Sie achtete immer auf ihr Äußeres egal ob sie Ausgingen oder ob sie im Garten arbeitete. „ Ich wollte dich nur überraschen, weil ich einen riesigen Abschluss tätigen konnte." Er war jetzt leicht ärgerlich. „ Aber wenn es dir nicht recht ist kann ich ja wieder gehen." Er ging an ihr vorbei ohne ihr einen Kuss zu geben und betrat das Haus.

Das erste was er sah, war die offen stehende Schlafzimmertür. Die Tür welche hinten raus führte stand auch offen. Er zuckte zusammen, jetzt war ihm alles klar. Sie hatte Besuch und er kam im falschen Augenblick. George hatte sich überraschend schnell wieder im Griff. „ Tut mir leid, ich bin stundenlang mit dem Auto gefahren und ein wenig erschöpft." „ Ist doch in Ordnung, wenn ich gewusst hätte dass du kommst, würde es nicht so chaotisch aussehen. Sollen wir gleich reingehen?" Amy deutete auf das Schlafzimmer. Er wehrte ab, mit dem Hinweis, er wolle erst noch etwas trinken. Sie holte zwei Bier und als sie auf der Terrasse saßen sagte sie: „ Erzähl von deinem Supergeschäft das du abgeschlossen hast." Er war jetzt Feuer und Flamme und begann ihr alle Einzelheiten seines Abschlusses zu erzählen. Als sie das zweite

Bier getrunken hatten, stand Amy auf und zog ihn mit in Richtung Schlafzimmer. Diesmal ging er bereitwillig mit. Als es dann zur Sache ging, klappte überhaupt nichts. Ihm ging immer durch den Kopf, wer wohl vor zwei Stunden sich hier mit Amy vergnügte. „ Tut mir leid aber ich kann mich einfach nicht konzentrieren." „ Das macht doch nichts, wir können ja heute Abend wieder einen wegstecken" meinte Amy lachend. George war wie elektrisiert, das wegstecken war ein Spezialausdruck seines Freundes und Nachbarn Tim. Er kochte innerlich. Dieses Schwein legt meine Frau flach wenn ich nicht da bin. „ Hey, meinte Amy mach dir nicht so viele Gedanken. Das ist doch nichts Schlimmes wenn es mal nicht geklappt hat. Wir holen das später nach." Er wurde langsam wieder ruhiger. Er wollte nichts überstürzen, sondern ganz in Ruhe überlegen was er tun konnte um sich zu rächen.

Sie verbrachten einen ruhigen Nachmittag in den Liegestühlen auf der Terrasse. Amy verwöhnte George mit Kleinigkeiten zu essen und zu trinken. Er würde sich eigentlich recht wohlfühlen, wenn nur nicht permanent der Gedanke im Kopf rumschwirren würde, dass er von seiner Frau betrogen wurde.

Nach und nach reifte ein Plan in ihm, wie er sich auf elegante Art und Weise rächen konnte. Er döste so vor sich hin als plötzlich eine überlaute Stimme ertönte: „ Hey, altes Haus was machst du schon so vorzeitig zu Hause." Tim stand am Gartenzaun und winkte fröhlich zu ihnen hinüber. „ Störe ich euch bei eurer Wiedersehensfeier oder habt ihr schon alles hinter euch." Er zwinkerte wie immer idiotisch mit dem linken Auge wenn es um dieses Thema ging. George wusste, er durfte sich nichts anmerken lassen wenn er seinen Plan verwirklichen wollte. „ Komm, trink ein Bier mit" rief George ihm zu. Tim ließ sich das nicht zweimal sagen. Er zwängte sich durch den schmalen Durchgang im Zaun und setzte sich auf den dritten Liegestuhl. George griff hinter sich und reichte ihm ein Bier. „ Erzähl mal, warum bist du schon zuhause?" fragte Tim. George sah, dass seine Frau unruhig auf dm Liegestuhl hin und her rutschte.. Ihr Gesicht bekam die Farbe einer roten Tomate, anscheinend stand sie kurz vor einem Herzinfarkt. Er grinste innerlich. Das geschah ihr recht, sie sollte leiden. Er unterhielt sich mit Tim über seinen geschäftlichen Erfolg. Dieser freute sich offensichtlich über den Abschluss den George tätigen konnte. Gegen

Abend kam auch Tims Frau Vicky dazu, die in einem Krankenhaus arbeitete. Es wurde noch ein recht lustiger Abend, nur Amy konnte diese Situation fast nicht verkraften.

Al sie sich später trennten, konnte sich George eine Bemerkung nicht verkneifen: „ Geht es dir nicht gut? Du siehst irgendwie mitgenommen aus." Amy winkte gequält ab und sagte: „ Nicht so schlimm, das geht vorbei."

George war zufrieden, sie sollte leiden. Er machte sich noch ein Sandwich und setzte sich vor den Fernseher. Amy ging ins Bad und kam erst nach einer halben Stunde wieder heraus. Sie hatte sich zurecht gemacht und sah eigentlich recht gut aus. Sie trug nur ein Slip und ein dünnes Shirt und setzte sich George genau gegenüber. Sie lächelte ihn vorsichtig an und fragte: „ Gefalle ich dir?" Er war ein wenig verwirrt weil sie wirklich heiß aussah. Wesentlich besser als ich heute Vormittag kam, da sahst du schon schlimm aus." Amy bekam wieder einen roten Kopf und meinte: „ Deshalb möchte ich jetzt einiges wieder gutmachen. Hast du Lust, wir könnten da weiter machen wo wir heute Morgen aufhörten." George wusste nicht was er sagen sollte, bekam aber ein recht großes Verlangen nach ihr.

Sie verbrachten eine Nacht miteinander wie es schon jahrelang nicht mehr der Fall war. Am nächsten Morgen war er sich nicht mehr sicher, ob er mit seinem Verdacht nicht überzogen reagiert hatte. Er war hin und hergerissen zwischen Rache für das fremdgehen und Versöhnung. Die vergangene Nacht war einfach zu schön gewesen. Plötzlich kamen ihm Zweifel ob da überhaupt etwas stattgefunden hatte. Er war sich nicht mehr sicher was er tun sollte. George kam zu dem Entschluss erst mal abzuwarten, um zusehen was passieren würde.

In den nächsten Tagen hatte er viel zu tun. Er schliff die alte Farbe von den Stützbalken und dem Geländer an der Terrasse ab. Dann besorgte er sich Farbe und strich alles neu an.

Ab und zu kam Tim, der viel von zu Hause aus arbeitete, zu ihm und sie tranken ein Bier und unterhielten sich über Basketball. Alles verlief normal und George konnte keinen Unterschied im Verhalten von Tim bemerken.

Nur eines machte ihn stutzig, immer wenn Tim und Amy sich trafen, meinte er sie würden sich besondere Blicke zu werfen. Er kam zu dem Entschluss, sie hatten etwas miteinander und er würde sich etwas Überlegen um ihnen einen Denkzettel zu verpassen. Dann hatte er es. Er musste sie auf frischer Tat ertappen. Sein Plan reifte und wurde immer umfangreicher. Dann kam der Tag. Er arbeitete im Garten, schnitt Hecken mähte den Rasen und kümmerte sich um die Rosenstöcke, welche sie erst kürzlich gepflanzt hatten. Er holte sein Handy aus der Tasche und täuschte ein Gespräch vor. Dann ging er ins Haus und sagte zu Amy: „ Ich bekam gerade ein Anruf, ich muss zu einem Kunden und werde erst morgen Abend wieder sein." „ Bist du wirklich morgen Abend wieder hier?" fragte Amy. George nickte packte seine Tasche, zog sich frisch an und ging zu seinem Auto. Amy verabschiedete sich zärtlich und winkte ihm nach bis das Auto nicht mehr zu sehen war. George fuhr in die City und kaufte sich ein Fernglas. Dann ging es in Richtung Süden aus der Stadt. Er musste ungefähr eine Stunde fahren bis er sein Ziel erreicht hatte. Er stellte sein Auto bei einer kleinen Ansammlung von Bäumen ab und ging zu Fuß einen kleinen Hügel hinauf. Von dort konnte er mit dem Fernglas die Rückseite seines Hauses sehen. Zwischen den Büschen welche dort standen, konnte er alles genau überblicken, ihn jedoch sah man nicht.

Nach ungefähr einer Stunde klingelte sein Handy. Es war Amy: „ Du bist so schnell und überraschend aufgebrochen, ich wollte mich nur nochmal vergewissern, ob alles in Ordnung ist." George grinste: „ Ja, alles klar bis morgen Abend bin ich wieder zu Hause." Da war eindeutig ein Kontrollanruf. Er nahm wieder das Fernglas hoch und beobachtete weiter die Rückseite von beiden Häusern. Lange musste er nicht warten, dann kam Amy auf die Terrasse mit zwei Flaschen Bier im Arm. Ein paar Minuten später kam Tim und setzte sich zu ihr. George sah, dass sie sich angeregt unterhielten. Als das Bier leer war, sah George dass Tim und Amy sich erhoben und ins Haus gingen. Er zitterte vor Wut, wusste aber nicht, was er tun sollte. Ins Haus gehen, sie auf frischer Tat ertappen oder sich anderweitig rächen. Er konnte sich kaum beruhigen. Er ging zu seinem Auto und fuhr weg. Nach ungefähr zwei Stunden erreichte er ein Motel. Er nahm ein Zimmer, kaufte sich ein Sixpack Bier, zwei Hot Dogs und begann zu grübeln. Was hatte er falsch gemacht, sie waren doch immer glücklich miteinander?

Am nächsten Morgen gönnte er sich ein großes Frühstück. Da er sich einigermaßen beruhigt hatte, begann er angestrengt zu überlegen was er tun sollte. Gegen Mittag setzte er sich in sein Auto und begann langsam nach Hause zu fahren. Als er den Berg zu ihrem Haus hochfuhr, bekam er nasse Hände. Er fuhr die Einfahrt rein bis vor die Garage und bevor er richtig stand, kam Amy schon aus dem Haus gelaufen. Als er ausstieg fiel sie ihm um den Hals und sagte leise: „ Ich freue mich so, dass du wieder hier bist." Sie gingen ins Haus und Amy kümmerte sich rührend um ihn.

In den nächsten Tagen war alles harmonisch und äußerst zufriedenstellend. Er bekam schon wieder Zweifel ob er mit seiner Vermutung richtig lag.

Sie saßen nachmittags auf der Terrasse als Tim rüber kam und fragte: „ Könnt ihr mir ein Sixpack Bier leihen? Wir haben vergessen welches zu holen." Amy stand auf und sagte: „ Ich hol dir welches." Amy kam zurück und sagte zerknirscht: „ Verdammt, wir haben auch keines mehr. Schatz würdest du schnell zum Supermarkt fahren und welches holen?" George war froh, dass er von den beiden weg kam und ging raus zu seinem Wagen. Er fuhr rückwärts aus der Einfahrt bergaufwärts. Als er den Vorwärtsgang einlegte und bergab fuhr, sah er noch wie Amy am Fenster stand und ihm nachsah. Er fuhr wie immer etwas zu schnell den Berg runter. Als er hundert Meter vor dem grauen Granitsteinhaus bei welchem er rechts abbiegen musste auf die Bremse ging, fiel das Pedal nach unten und er hatte keine Bremswirkung. George zog panisch an der Handbremse, doch auch diese zeigte keine Wirkung.

Das Granitsteinhaus kam rasend schnell näher. Seine Geschwindigkeit war jetzt so hoch, dass er sofort wusste, ein rechts abbiegen würde niemals gelingen. Kurz vor dem Aufprall schoss ihm noch durch den Kopf: „ Diese Schweine haben noch meine Bremsen manipuliert."

Dann durchfuhr ihn ein greller Blitz und er flog wie auf Wolken. Dann kam eine wohltuende Stille.

Er kam sah und ging
Terenz (römischer Philosoph)

Nachkommen

„Wohin könnten die zwei denn durchgebrannt sein?" „Niemals sind sie von zu Hause weggelaufen." Meinte Charles, der Vater von Janet. Seine Frau Erie nickte fest zu dieser Aussage. Auch Phil und Lisa, die Eltern von Robert, genannt Bob bekräftigten dies. Sheriff Goldmann seufzte: „Was glauben sie eigentlich wieviel Jugendliche täglich durchbrennen, weil sie sich von ihren Eltern unverstanden fühlen." „Niemals, warf Phil ein. Unsere Kinder durften mit unserem Einverständnis mal bei uns und mal bei Erie und Charles übernachten." Charles nickte und sagte: „Wir haben uns zusammengesetzt und über alles gesprochen. Sie waren sehr vernünftig, deshalb haben wir ihnen diesen Freiraum eingeräumt. Und Außerdem sind sie ja schon sechzehn Jahre alt. Bevor sie alles auf der Straße lernen, war uns diese Lösung doch am liebsten."

Sheriff Goldmann nickte: „Dann können wir also ein davonlaufen hintenan stellen. Wir sollten uns dann ganz auf eine Entführung konzentrieren." Die zwei Elternpaare schauten sich entsetzt an. Phil sagte ganz aufgeregt: „Uns geht es wirtschaftlich recht gut, jedoch

ein Vermögen haben wir keines." Charles nickte und meinte:
„Wenn jemand unsere Kinder entführt hat, dann bestimmt nicht um ein Lösegeld zu erpressen." „ Denken sie bitte genau nach wo sich ihre Kinder aufhalten könnten. Es ist sehr wichtig, dass wir alles erfahren und sei es noch so absurd. Wir müssen jeder Kleinigkeit nachgehen." Der Sheriff nahm seine Notizen und erhob sich: „ Ich werde sie auf dem Laufenden halten."
Sie standen auf. Lisa nahm Erie am Arm und zog sie mit sich hinaus. Beide konnten ihre Tränen nicht mehr unterdrücken. Phil und Charles verabschiedeten sich noch vom Sheriff, dann folgten sie ihren Frauen. Phil meinte zu Charles: „ Wenn ich nur wüsste wo man suchen könnte, dann würde ich sofort damit anfangen." Charles nickte: „ Ich habe mir auch schon den Kopf zerbrochen, aber ich habe keine Ahnung wo wir anfangen sollen." Sie gingen zu Phils Wagen, wo Lisa und Erie standen und sich an den Händen hielten. „ Okay, sagte Phil für heute reicht es, überlegt gründlich wo sie sein könnten und morgen treffen wir uns zu Frühstück. Dann können wir uns beraten wie wir weiter vorgehen können."

Die anderen nickten und sie trennten sich recht schnell.

Einige Tage zuvor……..

In den Weiten des Weltalls auf einem fernen Planeten: „ Ihr seid auserwählt, zu dem blauen Planeten zu reisen von dem unsere Vorfahren einst hierher kamen und unsere Welt besiedelten." Der Sprecher des Hohen Rats räusperte sich und sprach weiter: „ Ihr wisst das Überleben unserer Rasse hängt vom Erfolg eurer Mission ab. Seit vielen Generationen wurde die Fortpflanzung bei uns vernachlässigt. Ihr sollt nicht nur Erkenntnisse mitbringen, sondern auch Eizellen und Samen in ausreichender Menge damit wir den Fortbestand unserer Rasse einleiten können. Da wir unser Leben seit einiger Zeit fast unbegrenzt verlängern können, hat sich niemand mehr um Nachkommen gekümmert."

Am späten Abend griff Charles zu seinem Handy und rief Phil an: „ Sollen wir morgen mal zu unserer Grillhütte fahren und nachsehen ob wir dort etwas finden?"

Phil war sofort dafür. Sie kamen überein, früh loszufahren, da sie fast zwei Stunden Fahrt vor sich hatten.

Am nächsten Morgen fuhren sie noch vor Sonnenaufgang los. Damit sie sich mehr Zeit nehmen konnten, hatten sie ihre Schlafsäcke und Verpflegung für mehrere Tage dabei. Die Fahrt verlief fast schweigsam. Als sie die Berge erreichten, waren beide ganz angespannt. Phil murmelte leise: „ Hoffentlich finden wir etwas." Charles nickte und konzentrierte sich auf den Weg der immer höher in die Berge führte. Dann endlich hatten sie ihr Ziel erreicht. Als sie die Hütte auf einer Lichtung stehen sahen, atmeten beide tief durch. Charles parkte den Geländewagen an der Seite und sie stiegen aus. Sie sahen sofort, dass etwas ungewöhnliches hier geschehen war. Das Gras auf der Lichtung war auf seltsame Weise niedergedrückt. Charles ging zum Wagen zurück und holte sein Jagdgewehr. Dann gingen sie langsam in Richtung Hütte. Die Tür welche eigentlich abgeschlossen sein sollte, stand offen. Als sie an der Hütte angekommen waren, klopfte Phil an die Wand und rief: „ Rauskommen oder wir schießen." Als keine Reaktion erfolgte, drangen sie vorsichtig in die Hütte ein.

Leer. Auch waren keine Anzeichen vorhanden, dass ein Einbruch stattgefunden hätte. Sie schauten sich gründlich um, dann meinte Charles: „ Wir sollten uns mal die Umgebung ansehen." Phil nickte und sie gingen los. Als sie die Hütte umrundeten, sahen sie die Reifenspuren. Sie sahen sich an und folgten langsam der Spur. Nach ein paar hundert Metern sahen sie den blauen Toyota von Bob im dichten Gestrüpp stehen. Sie rannten darauf zu und riefen immer wieder die Namen ihrer Kinder. Sie suchten die ganze Umgebung ab und als sie keinen Erfolg hatten sagte Phil: „ Los wir müssen zurück zur Hütte und Sheriff Goldmann verständigen."

Sheriff Goldmann ließ sich eine genaue Wegbeschreibung geben und sagte er wolle noch die Kollegen einer in der Nähe liegenden Polizeidienststelle verständigen. Nach ungefähr einer Stunde trafen die ersten Polizeibeamten ein. Als sie umfassende Informationen erhalten hatten, untersuchten sie zuerst den Toyota. Nach einer Weile sagte einer der Polizisten: „ Kein Anzeichen für ein Verbrechen und der Schlüssel steckt auch noch." Dann gingen sie zu der Lichtung vor der Hütte und sahen sich die seltsamen Abdrücke darauf an. Nach einer Weile sagte einer: „ Ein Fahrzeug war es nicht, ein Flugzeug kann hier im Wald nicht landen und für einen Hubschrauber sind die Spuren viel zu groß. Was zum Teufel war es dann? Wir müssen die Spurensicherung verständigen."

Sheriff Goldmann traf fast gleichzeitig mit der Spurensicherung ein. Er informierte sich noch einmal genau über alles und meinte nur, dass hier etwas Seltsames vorgefallen ist. Nach Abschluss der Untersuchung durch die Spurensicherung wurde der Toyota abgeschleppt und der Sheriff meinte zu Charles und Phil sie sollten nach Hause fahren. Diese meinten aber sie wollten noch bis zum nächsten Tag hierbleiben.

Unsichtbar über dem ganzen Geschehen schwebte in einhundert Meter Höhe der Raumgleiter. Die Besucher aus der anderen Welt sahen sich an. „ Die suchen uns, aber mit ihren primitiven Mitteln werden sie uns nicht finden." Meinte einer von ihnen. „ Ich glaube die beiden Exemplare welche wir mitgenommen haben, genügen. Wir sollten unverzüglich mit den Experimenten anfangen und dann die Heimreise antreten."

Charles und Phil hatten sich in einem kleinen Motel das in der Nähe lag, einquartiert. Am nächsten Morgen gingen sie sofort zu der Dienststelle der Polizei um sich über die Untersuchungen zu erkundigen. Dort sagte man ihnen nur, man würde daran arbeiten, hätte aber auch noch das FBI informiert. Nach einem Gespräch mit den ermittelnden

Beamten, kamen sie zu dem Entschluss nach Hause zu fahren. Es wurde eine sehr schweigsame Fahrt, denn beide waren sehr nieder geschlagen.

Am nächsten Tag saßen Charles und Phil mit ihren Frauen zusammen, um zu überlegen was sie noch alles tun könnten um ihre Kinder wieder zu finden. Als das Handy von Charles klingelte ging er sofort ran: „ Oh, hallo Sheriff, haben sie sie gefunden? Ja, sie können sofort kommen wir sind alle hier." Er drehte sich zu den anderen um und sagte: „ Der Sheriff kommt vorbei, er hat Neuigkeiten für uns. Wir sollten uns aber keine allzu große Sorgen machen."

Alle waren ziemlich aufgeregt und redeten durcheinander.

Als kurze Zeit später der Sheriff eintraf, stürzten alle auf ihn und redeten hektisch auf ihn ein. Dieser hob erst einmal seine Hände und beruhigte alle. Dann legte er den Ordner, den er bei sich hatte vor sich hin und begann langsam zu sprechen: „ Wir hatten in der Hütte im Wald etwas gefunden, was wir ihnen vorenthalten haben. Dies ist so unglaublich, dass wir es erst überprüfen mussten. Es sind zwei Briefe von ihren Kindern. Bevor ich ihnen diese vorlese, müssen sie erst einmal die

Schrift identifizieren." Er nahm die beiden Briefe heraus und deckte sie mit einem Blatt Papier, so dass nur die beiden Unterschriften zu erkennen waren. Nachdem zweifelsfrei die Echtheit der beiden Unterschriften feststand, drängten alle darauf den Inhalt der Briefe zu erfahren. Erie und Lisa hielten sich engumschlungen und weinten still vor sich hin. Der Sheriff fing an: „ Beide Briefe haben den gleichen Inhalt, deshalb werde ich nur einen vorlesen. Wir haben alles überprüft und es ist sehr Wahrscheinlich, dass alles stimmt."
In den Briefen beschrieben die beiden genau ihre Entführung durch die Wesen aus dem All. Alle waren sehr ruhig geworden, bis Charles ein: „ So ein Quatsch" einwarf. Der Sheriff sagte: „ Jetzt kommt der letzte Satz." Wir lieben euch sehr, jedoch wollen wir unseren neuen Freunden helfen und fliegen mit ihnen zu ihrem Planeten. Sie haben uns fest versprochen, wenn unsere Aufgabe erfüllt ist bringen sie uns in ein bis zwei Jahren wieder zurück." Alle waren wie vom Donner gerührt. Bevor jemand etwas sagen konnte meinte Sheriff Goldmann noch: „Die Luftüberwachungsbehörde und die NASA hat uns bestätigt, dass ein unbekanntes Flugobjekt sich rasend schnell von der Erde

wegbewegte. Und jetzt hätte ich gerne einen großen Drink."

Es geht nirgendwo merkwürdiger zu als auf der Welt
Kurt Tucholsky

Sprich nie über das Wetter

Luise überlegte, warum konnte so etwas passieren? Warum konnte sie nur in solch eine Situation kommen? Warum gibt es so viele einfältige und ungläubige Menschen?

Der Landvogt, der im Auftrag des Grafen die leibeigenen Bauern kontrollierte, war der erste welcher nichts kapierte. Der Graf, der eigentlich ein Raubritter sein wollte, aber mit einem Körpergewicht wie ein junges Kalb, konnte kaum seine halbverfallene Burg verlassen. Alles was man dem Grafen Ludwig vortrug, tat er mit einer Handbewegung ab. Meistens hörte man von ihm nur ein mürrisches Papperlapapp. So wurde er auch im Volksmunde nur „ Graf Papperlapapp „ genannt.

Für den Grafen arbeiteten eine Anzahl von Bauern, welche lediglich ein kleines Stück Land ihr eigen nennen durften. Mit sehr viel Mühe konnten sie dort gerade so viel Gemüse, Kraut und Rüben anbauen, damit sie nicht verhungerten. Schon deshalb wollte sich jeder mit dem Grafen und seinem Landvogt gut stellen. Luise kam zu dem Ergebnis, dass ihre größten Gegnerinnen nur Hermine, Elfriede und Lena sein konnten.

Diese hatten bestimmt mit dem Landvogt gemeinsame Sache gemacht.

Alles fing damit an, dass das Frühjahr viel zu wenig Regen brachte. Der Sommer kam zu früh und war heiß und trocken. Hafer und Gerste waren halb verkümmert und die Ernte würde mindestens um die Hälfte zu gering ausfallen. Luise betete jeden Tag auf dem Feld damit es bald wieder regnete. Alle wussten, wenn der Regen weiterhin ausfiel, würden sie im Winter wieder hungern müssen. Luise und ihr Mann Jockel rackerten sich Tag für Tag von Sonnenaufgang bis Sonnenuntergang ab. Zwischendurch betete Luise immer wieder um Regen. Das Dreigespann Hermine, Elfriede und Lena machten sich immer lustig über sie, wenn sie sahen, dass Luise betete. „ Gott hilft uns nicht, da musst du schon zum Teufel beten damit er Regen schickt" lästerte Hermine. „ Das ist mir egal wer mir Regen schickt, die Hauptsache er kommt bald" erwiderte Luise. „ Dann bete nur feste zum Teufel und du wirst schon sehen was passiert" wetterte Lena.

Eines Tages bemerkte Luise am Himmel ein paar kleine Wolken. Sie lief so schnell sie konnte zu ihrem Mann: „ Jockel, komm schnell und schau dir das an, die ersten Wolken seit mehreren Wochen." Jockel sah nur kurz in den Himmel und meinte: „ Dann bete auch genug damit es auch wahr wird." Luise nickte, nahm ihre Hacke und eilte den Weg entlang der zu dem Feld führte welches sie bestellen mussten. Auf dem Weg dorthin kam sie an den Feldern von Hermine und Elfriede vorbei. Als sie die beiden sah, rief sie: „ Unsere Angst ist vorbei. Ich habe Wolken am Himmel gesehen, die bringen uns bis morgen oder übermorgen Regen." Die beiden fingen sofort an zu lästern: „ Und zu wem hast du beten müssen damit endlich Regen kommt? Und wenn es nicht regnet, nimmst du dann den anderen?" Luise winkte nur ab und lief so schnell sie konnte weiter. Als sie zu ihrem Acker kam, warf sie die Hacke weg, kniete nieder und fing an zu beten. Als sie damit fertig war, nahm sie ihre Hacke und arbeitete auf dem Feld bis Sonnenuntergang.

Die Nacht war schlimm für sie. Entweder träumte sie, oder sie lag wach da und überlegte was sie noch tun konnte damit es endlich regnete und ihre Ernte damit gerettet sein würde. Am nächsten Morgen stand sie schon vor Sonnenaufgang auf. Ihr erster Weg führte sie aus der Hütte nach draußen um nachzusehen ob endlich richtige Wolken am

Himmel standen. Da es noch zu dunkel war, konnte sie noch nichts genaues sehen. Als sie und Jockel ihren Haferbrei gegessen hatten, eilte sie wieder vor die Hütte. Als sie die Wolken am Himmel sah, schrie sie immer wieder: „ Ich hab es gewusst, Ich hab es gewusst. Heute wird es noch regnen." Jockel zog sie in ihre Hütte und konnte sie kaum beruhigen. Als sie sich dann auf den Weg zum Feld machte, sah sie Hermine, Elfriede und Lena beieinander stehen. Sie blieb kurz stehen und sagte lachend: „ Habt ihr gesehen ich habe recht behalten. Mein Beten hat uns geholfen." „ Wer weiß zu wem du gebetet hast, damit es so schnell geklappt hat." Luise lachte nur und ging weiter zu ihrem Feld. Als am Nachmittag die ersten Regentropfen fielen, tanzte sie auf dem Feld und lachte ohne Unterlass.

Um die Mittagszeit hielt sie es nicht mehr aus und asie lief so schnell sie konnte in Richtung Dorf. Auf halbem Wege kam ihr der Landvogt mit zwei seiner Schergen entgegen. „ Halt, rief er Bäuerin ihr müsst mitkommen." „ Warum soll ich mit euch kommen? Ich habe nichts getan." Der Pfaffe will mit euch etwas Wichtiges besprechen." Luise wusste, dass sie nichts dagegen tun konnte und fügte sich dem Unvermeidlichen. Als sie in der Ferne die kleine Kirche sah, wurde sie immer unruhiger. Sie wusste der Pfarrer war ein unbarmherziger alter Mann. Wenn der etwas gegen sie hatte, würde sie einen schweren Stand haben.

Als sie zu der Kirche kamen, stand der Pfarrer schon auf der Treppe und erwartete sie. Mit donnernder Stimme fuhr er Luise an: „ Im Angesicht unseres Herrn, gib zu dass du mit dem Teufel einen Pakt geschlossen hast." Luise durchfuhr einen riesigen Schreck und sie begann am ganzen Leib zu zittern. Sie erwiderte: „ Nein, Herr Pfarrer so etwas würde ich niemals tun. Der Pfarrer wandte sich an den Vogt: „ Spannt sie auf das Rad und bringt sie zu einem Geständnis." Der Landvogt nickte und seine Schergen brachten Luise in den Kerker. Dort wurde sie solange gefoltert, bis sie eine Verbindung zum Teufel gestand.

Nun stand sie hier und wartete auf das Unvermeidliche das ihr bevorstand. Am nächsten Tag kamen sie. Der Graf, sein Landvogt, der Pfarrer und alle sogenannten ehrsamen Bürger. Der Landvogt rief dem Totengräber zu: „ Fange er an, entzünde den Scheiterhaufen." Luise rief dem Totengräber angstvoll zu: „ Du hast es mir versprochen, tu es schnell." Der Totengräber nickte, dann nahm er seine Fackel und entzündete den Scheiterhaufen. Anschließend hob er sein Beil und mit einem Schlag erlöste er Luise von ihren Schmerzen.

Der Tod ist Hoffnung auf ein besseres Leben
Alfred Paetz

Ratten

Als Tim van Beeren aus dem Haus trat, streckte er sich erst einmal richtig. Die letzte Nacht hatte er nicht besonders gut geschlafen, da er gestern schwer hatte arbeiten müssen. Er wollte von dem nahen Fluss Wasser abzweigen, und musste daher einen mehrere hundert Meter langen Graben ausheben. Tim war erst vor drei Jahren mit seiner Frau Dora und ihrem gemeinsamen Sohn Barney hierhergekommen. Der große Treck der Buren führte sie vom Süden Afrikas in den neu gegründeten Staat Transvaal. Tims Großvater kam vor einhundert Jahren mit dem Schiff aus den Niederlanden in den Süden Afrikas. Als die Briten die Kapkolonie annektierten, flüchteten tausende von Buren nach Norden und gründeten die Staaten Transvaal und Oranje-Transvaal. Die van Beeren Farm lag in der Nähe des Oranjeflußes, umgeben von mehreren Quadratkilometer Land, welches sie vorwiegend zur Rinderzucht verwenden wollten.

Ihr Freund Joos Akkeren hatte fünf Kilometer westlich von ihnen mit seiner Frau Antje und ihren beiden Kindern ihre Farm gebaut.

Einmal im Monat trafen sich die beiden Familien um die neuesten Erfahrungen auszutauschen.

Tim ging in Richtung Hühnerstall um die Hühner raus zu lassen. Dann umrundete er das Farmhaus um nach dem Gemüsegarten zu sehen. So machte er jeden Morgen seine Runde um nachzusehen ob alles in Ordnung ist. Dann ging es ab in die Küche wo Dora meistens schon das Frühstück gerichtet hatte. Als er in die Küche kam stand Dora am Herd und hatte ein paar Spiegeleier in der Pfanne. Er trat hinter sie und gab ihr einen Klaps auf den Po. Dora quietschte vor Vergnügen und lachte: „ Es gibt heute Morgen nur Spiegeleier und sonst nichts." Tim küsste sie zärtlich auf den Nacken und sagte: „ Warte mal ab, später wenn wir etwas Zeit haben, dann wird , wie es schon in der Bibel steht, der Herr über dich kommen." „ Sei still, dass Barney uns nicht hört."

In diesem Moment ging die Tür von Barneys Kammer auf und ihr zehnjähriger Sohn kam mit einem ganz verschlafenen Gesicht heraus. Er drückte seine Eltern kurz und meinte dann: „ Ich habe heute einen riesigen Hunger."
Inzwischen waren auch die Spiegeleier fertig

und nach einem kurzen Gebet begannen sie schweigsam zu essen.

Als sie fertig waren sagte Tim: „ Ihr könnt nachher die Kühe melken und ich reite auf die Weide und schaue nach den Rindern. Zum Mittagessen bin ich wieder hier." Er nahm seine Jacke und sein Gewehr und ging hinaus. Er sattelte sein Pferd und ritt in Richtung Osten wo ihre Rinder auf der Weide standen. Als er dort ankam, umrundete er die Herde um nachzusehen ob alles in Ordnung war, oder ob wieder ein Raubtier zu geschlagen hatte. Soweit er sehen konnte war alles in Ordnung und er fing an die Herde dort hin zu treiben, wo das Gras höher stand und saftiger war. Er musste immer wieder zurück reiten, weil immer wieder ein paar Nachzügler seine Rufe ignorierten. Gegen Mittag hatte er sie soweit, dass er wieder nach Hause reiten konnte.

Als er bei der Farm ankam, versorgte er zuerst sein Pferd, dann ging er zu dem Brunnen um sich zu waschen. Als er zum Haus kam roch er die Eierpfannkuchen und den erhitzten Marmeladensyrup. Inder Küche waren Dora und Barney gerade dabei den Tisch zu decken. Er drückte beide kurz an sich, dann setzten sie sich und fingen an zu essen. Tim und Dora unterhielten sich während des Essens was sie von dem fahrenden Händler welcher alle vier bis sechs Wochen bei ihnen vorbei kam, kaufen wollten. Sie erwarteten den Händler schon ungeduldig, denn es war seit seinem letzten Besuch schon fast sechs Wochen vergangen. Nach ein paar Tagen war es soweit. Sie hörten den Händler schon von weitem kommen. Als er mit seinem Wagen vor dem Farmhaus hielt, kam die ganze Familie raus gerannt, um die neuesten Nachrichten zu erfahren. Der Händler sprang von seinem Bock und rief sogleich: „ Ich habe heute nicht viel Zeit, ich muss sofort weiter." Dora protestierte: „ Erst müssen sie aber etwas essen." Tim versorgte inzwischen die beiden Pferde des Händlers mit Wasser und Heu. Als er ins Haus kam, diskutierte der Händler ganz aufgeregt mit Dora. „ Was gibt es denn so wichtiges zu bereden?" fragte Tim. Der Händler drehte sich zu Tim um und sagte ganz heftig: „ Ratten, überall Ratten. Eine riesige Anzahl von Ratten zieht von Farm zu Farm und frisst alles auf. Wenn Menschen sich in den Weg stellen töten sie auch diese. Tim schüttelte mit dem Kopf und sagte: „ So viele Ratten gibt es doch gar nicht, als dass man sich nicht gegen sie wehren könnte." Der Händler schüttelte mit dem Kopf und sagte: „ Bisher sind zwei Familien ums Leben gekommen, eine Familie konnte gerade noch fliehen. Es tut mir leid, aber ich muss mich beeilen, denn ich will so schnell es geht nach Hause." Er stand auf und sie gingen alle zu dem Wagen des Händlers. „ Wir benötigen Mehl, Zucker, Salz und Petroleum" sagte Tim. „ Nehmt die doppelte Menge, denn ich weiß nicht wann ich wieder vorbei komme" meinte der Händler. Tim nickte und sie trugen die Säcke zu dem Schuppen in welchem ihre Vorräte lagerten. Als sie ihren Einkauf bezahlt hatten, sprang der Händler auf den Bock und trieb seine Pferde so schnell an wie er es noch nie getan hatte.

Tim und Dora sahen sich an und gingen langsam ins Haus zurück. Angstvoll meinte Dora: „ Was sollen wir tun, Tim ich habe Angst." Tim schüttelte den Kopf: „ Ich weiß es nicht, aber kampflos werden wir unser Zuhause nicht aufgeben." Tim ging hinaus und umrundete ihr Haus. Auf der einen Seite war ein ungefähr zwanzig Meter breiter Fluss. Von diesem hatte Tim einen Graben
Von einem Meter Breite und einhundert Meter Länge ausgehoben. Dieser sollte für die Bewässerung des Gemüsegartens und des

angrenzenden Feldes sein. Zwei Seiten des Hauses waren seiner Meinung nach vor den Ratten abgesichert. Wie er die anderen beiden Seiten vor den Ratten schützen sollte, wusste er noch nicht.

Auch war er sich nicht sicher ob diese Horror Nachrichten über so riesige Rattenherden überhaupt stimmten. Bei den von Mund zu Mund Erzählungen wurden schnell aus zehn Ratten ein paar hundert. Je mehr er überlegte, desto ruhiger wurde er. Tim ging zum Haus zurück. Er wollte Dora beruhigen und mit ihr gemeinsam überlegen was sie tun könnten, um gegen eine Ratteninvasion vorbereitet zu sein. Sie waren sich einig erstmal die Vorratskammer so abzudichten,

dass keine Ratten eindringen konnten. Die Vorratskammer konnte man sowohl von der Küche als auch vom Hof aus betreten. Die Tür zum Hof nagelte Tim mit ein paar Brettern zu, so dass man nur noch von der Küche aus in die Vorratskammer gelangen konnte. Er umrundete das Haus, um alle Öffnungen die er fand, sofort zuzunageln. Auch richtete er Heu und Stroh, sowie Petroleum an den beiden noch ungeschützten Seiten des Hauses so zurecht, dass er schnell ein undurchdringliches Feuer entzünden konnte.

Am nächsten Tag erkundete er die Umgebung so gut er konnte, jedoch waren keine Anzeichen von unerwünschten Besuchern vorhanden.

Als er gegen Mittag zu Hause ankam, war Dora sichtlich erleichtert. „ Keine Angst, vielleicht kommen sie überhaupt nicht zu uns." Tim nahm Dora in seine Arme und drückte sie ganz fest an sich. Die nächsten zwei Tage vergingen ohne Zwischenfälle. Bis am dritten Tag gegen Mittag plötzlich Barney laut rief: „ Pa, komm schnell, dort eine Rauchwolke." Tim kam gerade aus dem Stall
Und lief sofort zu Barney. Dieser zeigte ihm am Horizont eine dünne Rauchwolke. Diese kam direkt aus der Richtung in welcher die Farm ihrer Freunde Joos und Antje Akkeren lag. Er rannte so schneller konnte zum Haus, um Dora zu holen. Diese hatte aber etwas gehört und kam ihm schon eilig entgegen. Tim zeigte ihr die Rauchfahne am Horizont und sie kamen zudem Ergebnis, dass es nur die Farm ihrer Freunde sein konnte. Tim sagte zu Dora: „ Ich reite zu Joos und Antje und ihr beide bleibt im Haus bis ich wieder zu Hause bin. In fünf bis sechs Stunden kann ich wieder hier sein. Tim rannte zur Koppel, holte sein Pferd, sattelte es und ritt so schnell er konnte los. Je

näher er der Farm ihre Freunde kam, desto gewaltiger wurde die Rauchsäule.

Als er endlich angekommen war, sah er die ganze Katastrophe. Das Haus war komplett abgebrannt und überall auf dem Hof lagen angefressene tote Hühner. Er ritt zu den Trümmern um seine Freunde zu suchen, da hörte er ein lautes Stöhnen, das aus dem Stall kam. Er sprang von seinem Pferd und rannte hinüber. Im Stall erwartete ihn ein einziges Grauen. Antje und die Kinder lagen tot am Boden. Gegen eine Wand gelehnt saß Joos am Boden. Er blutete am ganzen Körper und seine Augen waren geschlossen. Tim rannte zu ihm: „Joos, mein Gott was ist passiert?" „Ratten, viele Ratten, wir konnten nichts dagegen tun. Es waren zu viele. Gehe so schnell du kannst zurück zu deiner Familie, hier kannst du nichts mehr für uns tun."

„ Komm ich helfe dir auf das Pferd du kommst mit mir zu uns." Joos antwortete nicht. Als Tim genauer hinsah, wurde ihm klar, Joos würde niemals mehr antworten.

Tim rannte raus, gab seinem Pferd noch einen Eimer Wasser und ritt so schnell er konnte nach Hause. Nach einem Höllenritt in Rekordzeit sprang er vor ihrem Haus aus dem Sattel. Als er gerade ins Haus rannte, hörte er einen markerschütternden Schrei von Dora. Er riss die Tür auf und sah Dora in der Mitte der Küche stehen, am ganzen Körper zitternd. Sie brachte kein Wort heraus sondern deutete mit zitternden Fingern auf die Vorratskammer. Mit einem Satz war Tim an der Tür zur Vorratskammer. Da sah er sie. Mitten im Raum saß eine riesige Ratte. Sie hatte offensichtlich keine Angst und Tim kam es vor als würde sie ihn angrinsen. Sofort schlug er die Tür zu und wandte sich an Dora. Diese sank in seine Arme und ihr ganzer Körper bebte und zitterte. Er sagte zu ihr: „ Bleib ganz ruhig, ich hole nur eine Schaufel und dann schlag ich sie tot."

Als Tim mit der Schaufel zurückkam, öffnete er vorsichtig die Vorratskammer und hob die Schaufel damit er sofort zu schlagen konnte. Die Ratte saß noch mitten im Raum. Als er zuschlug machte die Ratte einen Satz zur Seite und Tim verfehlte sie ganz knapp. Sie schaute Tim mit einem hasserfüllten Blick an und verschwand unter einem Regal. Tim ging sofort in die Knie und suchte nach ihr, konnte sie jedoch nicht finden.

Tim schloss die Tür der Vorratskammer und ging in die Küche. Dort stand Dora engumschlungen mit Barney und beide zitterten am ganzen Körper. „ Beruhigt euch, dies war doch nur eine einzige Ratte. Die wird wahrscheinlich nie mehr auftauchen." Tim war nicht wohl bei dieser Aussage, denn dieser Blick den die Ratte ihm zugeworfen hatte, würde er nicht so schnell vergessen. Als sich alle etwas beruhigt hatten, ging Tim hinaus und wollte nachsehen ob alles in Ordnung ist. Als er zum Flussufer kam, sah er sie. Hunderte Ratten standen am Ufer auf der anderen Seite des Flusses. Tim packte das kalte Grauen. Er rannte so schnell er konnte zum Haus zurück und schrie: „ Schnell, Schnell wir müssen das Heu um das Haus besser verteilen und mit Petroleum bespritzen. Sie kommen, sie sind schon am Flussufer." Dora und Barney verteilten das Heu in die noch vorhandenen Lücken. Tim rannte mit zwei Kanistern Petroleum um das ganze Haus und verteilte es so gut er konnte. Dann eilten sie in das Haus und verrammelten Türen und Fenster. Sie verteilten sich an den Fenstern um zu sehen, wann sie kommen. Dora sah sie zuerst: „ Sie sind da, ganz viele schnell tu etwas." Tim rannte mit einem brennenden Ast hinaus und entzündete das Heu. Sofort bildete sich eine Feuerwand rund um das ganze Haus. Die Schreie der Ratten welche im Feuer umkamen, waren furchtbar. Dora und Barney hielten sich die Ohren zu. Tim rannte von Fenster zu Fenster um nachzusehen ob die Ratten vielleicht flüchteten. Als das Feuer nachließ, sah Tim keine einzige Ratte mehr.

Sie fielen sich in die Arme und alle drei weinten vor Erleichterung. Dann gingen sie hinaus und fingen an Ordnung zu schaffen. Nachdem sie die Aschereste einigermaßen beseitigt hatten, gingen sie ins Haus zurück. Dora fing an eine wohlverdiente Mahlzeit zu zubereiten. Sie ging in die Vorratskammer und Tim und Barney deckten den Tisch. Dann ein furchtbarer Schrei. Tim rannte in die Vorratskammer. Dort blieb ihm fast das Herz stehen. Sie saß wieder mitten im Raum. Die riesige Ratte saß da und blickte sie mit ihren Schlitzaugen voller Hass an. Tim sprang vor und wollte sie mit seinen Stiefeln zertreten, die Ratte war aber schneller und verschwand blitzschnell zwischen den Kisten und Säcken.

Ein paar Wochen später kam der Händler, um neue Vorräte zu bringen, auf den Hof. Da er niemand sah ging er zur Tür und trat ein. Als er die drei angefressenen Leichen sah stammelte er: „ Mein Gott, schon wieder."

Der Tod ist Ziel der Natur, nicht Strafe (Cicero)

Der letzte Brief

„Meine sehr verehrten Damen,

wie sie wissen, konnte ich mich nicht mehr von Ihnen verabschieden. Deshalb möchte ich Ihnen auf diesem Wege meinen unendlichen Dank zukommen lassen, für die herrlichen Stunden die ich mit Ihnen verbringen durfte. Es ist mir eine Ehre, dass sie ausgerechnet mich auserwählt haben, ihr Kavalier zu sein. Mit Vergnügen denke ich an die erste Nacht zurück, an welcher ich mit Ihnen liebe Comtesse zusammen sein durfte.

Auch als sie ihre liebe Freundin und Vertraute Lady Stewart mitgebracht hatten, fühlte ich mich wie im Paradies. Wir waren ein wunderbares Dreigespann, welches eine vergnügliche Zeit miteinander verbrachte.

Meine Gedanken und die Erinnerungen an die schönen Stunden in den Gärten von Versailles halten mich aufrecht. Beim Lustwandeln heckten wir manchen derben Scherz aus. Unsere oftmals frivolen Späße erheiterten nicht nur uns, sondern auch so manchen Spaziergänger. Auch wurde so manches vornehme Fräulein unsere Beute, mit welcher wir uns dann herrlich vergnügten. Keines dieser Opfer war uns anschließend Gram. Alle bestätigten wie schön es war und dass sie so etwas noch nie erlebt hatten. Sie bedrängten uns oftmals, dass wir unsere Spiele mit ihnen baldmöglichst wiederholen sollten.

So lasse ich immer wieder die schönen Stunden die ich erleben durfte, an mir vorüberziehen. Sie meine Geliebten waren immer der Mittelpunkt meiner Träumereien.

Mein Herz wird schwer, wenn ich daran denke, dass dies alles vorbei sein soll. Ich würde mich freuen, wenn auch sie an mich denken würden.

Ich muss jetzt zum Ende kommen und mich von Ihnen verabschieden. Vergessen sie mich nicht, sowie auch ich sie nicht vergessen werde.

Es ist soweit, ich bekomme ein Zeichen, dass die Guillotine auf mich wartet."

Ihr stets ergebener
Louis XVI

Lieber stehend sterben, als kniend leben
Dolores Ibarruri (span. Sozialistin)

Die Wiedergeburt

Mein Kopf dröhnte. Mir war klar geworden, dass ich aus diesem Dilemma nicht mehr raus kam. Unser Betrieb lief katastrophal, wir waren pleite auf der ganzen Linie. An meinem Geburtstag grinste Helga mich an und meinte: „ Jetzt gehörst auch du zum alten Eisen." Lukas unser Sohn grinste: „ Ehrenmitglied der Rentnerband."

Das schlimmste aber war, als vorgestern unser langjähriger Hausarzt der Familie meinte: „ Sie müssen fest damit rechnen, dass sie genau wie ihre Mutter Alzheimer bekommen werden." In mir brach alles zusammen. Als meine Mutter Alzheimer bekam, litt die ganze Familie darunter. Wir mussten sie Tag und Nacht bewachen, weil sie immer durch ging und auf Achse war. Es war eine furchtbare Zeit, welche ich niemand zumuten möchte.

Das Sahnehäubchen obendrauf war, als Jule meine Joggingfreundin anrief und mir voll Stolz verkündete, sie hätte ihre Tage nicht bekommen. Jule lernte ich kennen, als mich der Schwachsinn überfiel, ich müsste etwas für meine Gesundheit tun und mit dem Joggen anfangen.

Ich trabte gemütlich durch den Rheinwald in Richtung Rhein, als mich eine durchtrainierte Mittdreißigerin überholte. Sie grinste mich mitleidig an und legte noch einiges an Tempo zu. Als ich am Rheinufer ankam, sah ich wie sie noch einige Stretchingübungen machte, während ich so ausgepumpt war, dass ich mir überlegte ob ich mich hinlegen und schlicht und einfach sterben sollte. Sie lachte und sagte: „ Jetzt nicht ausruhen sonst haben sie morgen einen Muskelkater und können sich zwei Tage nicht bewegen." Atemlos erwiderte ich: „ Ich kann mich jetzt schon kaum mehr bewegen." „ Na los kommen sie nur ein wenig Bewegung dann wird alles viel leichter." Wir machten ein paar idiotische Schüttelbewegungen die aber auch nicht viel halfen. Als wir wieder langsam in Richtung unserer Autos gingen, sagte sie, sie wäre nächsten Sonntagmorgen wieder hier.

Unsere Beziehung wurde nach dem dritten Treffen sehr intensiv. So nahm die Katastrophe ihren Lauf.

Ich wurde unsanft aus meinen Träumereien gerissen, als Helga einen Stapel Post auf den Schreibtisch warf. „ Alles Rechnungen und Mahnungen" meinte sie. Ich warf einen kurzen Blick darauf und schob alles auf die andere

Seite. Sie knurrte mich an: „ Du könntest dir ruhig einmal Gedanken machen wie es weiter gehen soll." „ Ich habe keine Ahnung. Wir können nicht mal das Notwendigste bezahlen."

Als Helga gegangen war, zog ich Bilanz. Scheisse. Unser Omnibusunternehmen war pleite, meine Freundin bekam ein Kind von mir und ich würde vermutlich bald Alzheimer bekommen. Jetzt konnte mir nur noch der Himmel auf den Kopf fallen. Immer häufiger kam mir der Gedanke einfach Selbstmord zu begehen, dann hätte ich alle Sorgen los.

Meine Familie wäre nicht allzu traurig über meinen Selbstmord, wenn es sicher wäre, dass ich in nächster Zeit Alzheimer bekommen würde. Auch hatte ich bemerkt, das Helga und Lukas nur noch wenig Lust hatten, bei diesem Fiasko mit zu machen.

Deshalb wird es mir leichter fallen einen Schlussstrich zu ziehen. Hilft es eigentlich wenn man noch schnell fromm wird?

Bei den Christen kommt man in den Himmel. Man sitzt auf einer Wolke und spielt Harfe und überall gibt es Milch und Honig. Früher half man der Ehefrau davon eine Gesichtsmaske zu machen, in der Hoffnung sie hält mal für zwei Stunden den Mund. Auch soll das die

Potenz fördern, aber was hilft einem das schon im Himmel. Hoffentlich komme ich nicht in die Hölle. Nicht weil ich Angst davor hätte, sondern weil ich jede Menge alte Bekannte treffen würde.

Über den Islam weiß ich nichts.

Bei den Buddhisten sitzt man geduldig in der Landschaft herum, fügt sich in sein Schicksal und wartet was passiert.

Der Hinduismus als nächste große Weltreligion ist schon einiges komplizierter. Er basiert auf einer sich immer wiederholender Wiedergeburt. Das heißt, du stirbst heute und morgen stehst du als Kuh auf der Weide. Ich habe bestimmt das Glück und komme als Filzlaus auf die Welt.

Vielleicht sollte man wieder eine sogenannte tote Religion zum Leben erwecken.

Zum Beispiel die germanischen Götter. Um nach Walhalla zu kommen, muss man mit dem Schwert in der Hand sterben. Dann darf man mit Odin an der großen Tafel sitzen und Met aus den Schädeln seiner Feinde trinken. Auch nicht schlecht.

Wenn ich Selbstmord begehe habe ich die ganze Scheiße hinter mir. Ohne mich könnte meine Familie einen ganz neuen Anfang machen. Vielleicht sind sie auch froh wenn ich in die Kiste springe. Hoffentlich bin ich kein Feigling und ziehe vorher den Schwanz ein.

Als ich am Rhein ankam war Jule bereits dabei ihre Lockerungsübungen zu machen. Sie grinste etwas spöttisch als sie sah, dass ich mit dem Fahrrad ankam. „ Na, hast du Probleme mit der Kondition?" „ Nein ich wollte nur schneller bei dir sein." „ Du willst nur wieder poppen." „ Quatsch ich muss mit dir reden." Ich machte ihr meine prekäre Situation klar und fragte sie, ob sie mit der Hilfe ihrer Eltern, mit dem Kind alleine klar käme. Jule sah mich mit großen Augen an und fragte mit dünner Stimme: „ Was hast du vor, mach nur keine Dummheiten wir stehen das alles zusammen durch." „ Du weist ich habe keine Ideen mehr." „ Du kannst nicht klammheimlich verschwinden, denk doch auch an deine Familie." Gott sei Dank hatte sie noch nicht daran gedacht, ich könnte Selbstmord begehen. Wenn sie das rausbekommen würde, ginge sie bestimmt zu Helga und dann wäre der Teufel los.

Als wir bei ihrem Auto ankamen, umklammerte sie mich ganz fest uns flüsterte: „ Wenn du eine dumme Idee bekommst, sag es mir, dann gehe ich mit dir, egal wohin." Mir wurde ganz heiß, weil der Ton ihrer Stimme so klang, als wüsste sie genau was ich vorhatte. Wir verabschiedeten uns, als ob es für immer wäre.

Als ich nach Hause kam, richtete Helga gerade das Frühstück. „ Na, hast du fleißig gejoggt oder wie immer nur alles vorgetäuscht?" Ich grinste etwas missglückt, wusste aber nicht was ich erwidern sollte. Nach dem Frühstück zog ich mich in unser Büro zurück und versuchte meine Gedanken zu sortieren.

Es klopfte und bevor ich etwas sagen konnte, ging die Tür auf und unser Nachbar und Unternehmerkollege (auch pleite) kam herein. Wie üblich grinste er über das ganze Gesicht und fing gleich wieder an zu prahlen wie erfolgreich er wieder war.

Bei dem Idiot möchte ich nicht mal tot über dem Zaun hängen. Als er merkte, dass ich nicht bei Laune war, verzog er sich wieder.

Ich rechnete zusammen, was wir noch hatten. Alles, einschließlich Haus und Grundstück, war das eine respektable Summe. Selbst wenn man die Schulden abzog, welche wir noch hatten, blieb noch genug übrig damit Helga und Lukas sorgenfrei leben können.

Jetzt konnte ich mich auf meinen Abflug konzentrieren. Die große Frage war nur, wie ich es tun sollte. Aufhängen, nein da hätte ich zuviel Angst, dass es nicht richtig klappt und ich noch stundenlang am Baum hänge und vor mich hin zappele. Gift kommt auch nicht in Frage, weil es unter Umständen große Schmerzen bereitet. Da ich keine Waffe besitze und auch keine Ahnung habe woher ich eine bekommen könnte, war erschießen auch keine Option.

Plötzlich ging die Tür auf und Helga kam herein. „ An meinem Auto ist der Auspuff kaputt, der müsste dringend repariert werden." Ich war wie elektrisiert, Auspuffgase. „ Hey, du grinst als bekämst du gerade einen geblasen." Ich lachte sie an und meinte: „ So fühle ich mich auch." Sie schüttelte den Kopf und ging hinaus.

Die nächsten Tage vergingen wie im Rausch. Ich war vergnügt und dynamisch wie schon lange nicht mehr. Ich bereitete alles für meinen Abgang vor, damit Helga und Lukas nicht so viele Probleme haben würden.

Ich rief Jule an und verabredete mich mit ihr an unserer alten Stelle am Rhein. Ich war schon eine Stunde früher da und sah den Schiffen zu. Als Jule kam sah sie mich skeptisch an und meinte: „ Gibt es etwas Besonderes, weil du mich so schnell sehen wolltest?" „ Nein, ich wollte dich nur sehen und außerdem bin ich scharf auf dich." Sie glaubte mir natürlich nicht, umarmte mich aber trotzdem sehr heftig. Wir setzten uns auf unsere Bank und ich legte meinen Arm um sie. Sie schaute mich an und sagte: „ Erzähl mir jetzt was du vor hast." „ Nichts, meinte ich vergnügt." „ Das glaube ich dir nicht, ich kenne dich doch." Wir diskutierten noch eine Zeitlang bis Jule abrupt aufstand und meinte wenn ich ihr nicht vertrauen würde, solle ich mich zum Teufel scheren.

Ich legte meinen Arm um sie und zog sie in Richtung Parkplatz. Wir gingen schweigend zu unseren Autos. Ich zog sie an mich und sagte: „ Vertraue mir, alles wird wieder gut werden." Sie schaute mich eine Weile an, dann sagte sie leicht erregt: „ Sag mir sofort was du vorhast. Wenn du meinst du kannst dich einfach verpissen, dann hast du dich in den Finger geschnitten. Du lässt deine Frau und deinen Sohn im Stich und nebenbei bin ich von dir noch schwanger. Mein Lieber so geht das nicht. Wir gehen jetzt zu deiner Frau und sagen ihr alles." „ Bitte nicht, vielleicht gibt es noch eine andere Lösung." Sie drehte sich wortlos um, setzte sich in ihr Auto und fuhr los. Ich sah noch, dass sie weinte. Ich konnte nicht verhindern, dass auch mir ein paar Tränen herunter liefen.

Da ich nicht wusste, was ich tun sollte, fuhr ich erstmal planlos durch die Gegend. Dann stand mein Entschluss fest, ich musste es jetzt tun oder nie. Ich wendete und fuhr in Richtung heimwärts. Als ich in unseren Hof einbog, traf mich fast der Schlag. Helga und Jule standen vor dem Haus und unterhielten sich gestenreich. Als Helga und Jule mich sahen, drehten sie sich demonstrativ um und kehrten mir den Rücken zu. Ich stieg langsam aus und ging auf die beiden zu. Als sie sich umdrehten sah ich, dass beide rotverheulte Gesichter hatten. Mir wurde ganz Elend über die Scheisse, welche ich da angerichtet hatte. Helga sagte leise: „ Warum machst du solche Sachen, haben wir nicht schon genug Probleme?" Ich zuckte mit den Schultern: „ Ich weiß es auch nicht. Mach aber bitte ihr – ich deutete auf Jule, keine Vorwürfe. Jule schluchzte leise und tupfte sich die Tränen aus dem Gesicht. Helga meinte wir sollten lieber ins Haus gehen, da unser Nachbar vor lauter Neugierde beinahe aus dem Fenster stürzte. Helga nahm Jule am Arm und führte sie ins Haus. Ich lief wie ein Trottel hinterher und wusste nicht wie ich mich verhalten sollte. Eigentlich hatte ich erwartet, dass Helga erst Jule und dann mich umbringt. Stattdessen saßen sie einträchtig neben einander und sahen mich erwartungsvoll an. Helga sah mich kampflustig an: „Und, was hast du uns zu sagen?" Ich zitterte innerlich wie Espenlaub: „Nichts, was wollt ihr denn hören?" Ich wollte diese prekäre Situation auflockern und sagte: „Oder habt ihr Lust auf einen Dreier?" Dass sie mich jetzt nicht umbrachten, grenzte an ein Wunder. Ich hob meine Hände: „Hört auf, das war doch nur ein kleiner Scherz." „Ich glaube wir haben von deinen Scherzen endgültig die Nase voll." Die beiden standen demonstrativ auf und gingen Arm in Arm aus dem Raum. Ich stand mal wieder da wie ein Idiot.

Die darauf folgenden Tage waren furchtbar. Helga und Jule gingen miteinander um, als wären sie schon immer die besten Freundinnen. Sie gingen zusammen einkaufen, zum Gynäkologen und vieles mehr. Ich war für die beiden nur noch Luft. Sie ignorierten mich wo sie nur konnten. Jule erschien jeden Morgen zum Frühstück bei Helga. Sie frühstückten recht ausgiebig, waren immer lustig und lachten viel. Dann kam der Gipfel. Sie erschienen bei mir im Büro und eröffneten mir, dass Jule auf Grund ihrer angeblich problematischen Schwangerschaft bei Helga schlafen würde. Sie hatten mich schon ausquartiert und in unserem Gästezimmer das Bett gemacht.

Am nächsten Tag trafen wir uns zufällig beim Frühstück. Helga und Jule kicherten ununterbrochen und warfen sich Blicke zu, dass mir fast schlecht wurde. Jetzt hatten sie auch noch ein Verhältnis miteinander. Ich ging in mein Zimmer und war kurz davor durchzudrehen. Ich legte eine CD von den Doors ein und hörte mir den Song „ The End „ an. Jim Morrison schaffte es dann doch noch, dass mir die Tränen kamen.

Ich wusste nicht wie lange ich so dasaß und eine gähnende Leere in meinem Kopf spürte. Irgendwann stand ich auf und ging wie ferngesteuert hinaus. Ich setzte mich in den Kombi und fuhr zur nächsten Tankstelle. Dort füllte ich den Ersatzkanister mit Benzin und fuhr weiter. Nach einer einstündigen Irrfahrt fand ich was ich suchte. Eine relativ gerade Strecke mit vielen Bäumen auf der rechten Seite. Ich hielt an und schüttete das Benzin im Wageninneren auf die Sitze. Dann fuhr ich los. Als ich fast volle Geschwindigkeit erreicht hatte, sah ich einen besonders dicken Baum. Ein kurzer Anflug von Angst packte mich. Bevor ich es mir anders überlegte, riss ich das Lenkrad herum und hielt direkt darauf zu.

Ich hatte es geschafft. Grelle Blitze durchzuckten mein Gehirn, dann wurde es dunkel und eine wohlige Wärme floss durch meinen Körper.

This is the End (Jim Morrison / The Doors)

....einige Sekunden später im Jahre 1470 v.Chr.

Mein Körper glühte und es tat unheimlich weh. Ganz leise hörte ich Stimmen: „ Er ist verbrannt, wir müssen ihn zum Hohepriester bringen." „ Ja, wir legen ihn auf eine Decke, dann können wir ihn besser tragen."

Wahnsinnige Schmerzen durchfuhren mich als ich auf eine Decke gelegt wurde. Eine wohltuende Ohnmacht umfing mich. Als ich wieder zu mir kam, waren die Schmerzen etwas erträglicher, trotzdem sah ich noch nichts. Ich wollte meine Augen berühren, als plötzlich eine Stimme rief: „ Erhabener komm schnell er ist wach." Meine Gedanken begannen Purzelbäume zu schlagen. Plötzlich fiel mir mein Selbstmord wieder ein. Wo war ich gelandet. Wer ist dieser Erhabene? Schmerzen durchfluteten mich. Eine rauhe aber angenehme Stimme fragte mich: „ Wo kommst du her Fremdling? Du musst lange im heißen Sand gelegen haben, denn dein Körper hat schlimme Brandwunden." „ Ich weiß es nicht. Vielleicht kommt mein Gedächtnis zurück wenn die Schmerzen nachlassen. Kannst du mir sagen ob ich mein Augenlicht zurückbekomme?" Deine Augen werden wieder so gut sein wie vorher. Und gegen die Schmerzen können wir dir etwas geben, das dich für einige Zeit schmerzfrei macht." „ Ich danke dir und deinen Gehilfen." Kaum hatte ich dies gesagt schlief ich schon ein.

Ich hatte jegliches Zeitgefühl verloren, aber die Schmerzen wurden immer erträglicher. Auch mein Sehvermögen kehrte langsam wieder zurück. Durch den Verband oder das Tuch, welches meine Augen bedeckte, konnte ich schon wieder Hell und Dunkel unterscheiden. Dann kam der Augenblick. Als sie die Binde welche meine Augen bedeckte entfernten, sah ich nach anfänglichem Flimmern endlich meine Umgebung. Ich war sprachlos. Ich war im alten Ägypten gelandet. Die Gestalt, die vor mir stand, sah genauso aus wie man sich einen hohen geistlichen Würdenträger vorstellt. Um ihn herum standen seine Helfer, welche der Kleidung nach von niederem Stand waren. Der Hohe Priester lächelte: „ Bist du zufrieden mit dem was du siehst? Hast du noch Schmerzen?" „ Nein, dank deiner großen Kunst und deiner großen Güte geht es mir sehr gut." Der Priester bekam einen zufriedenen Gesichtsausdruck. Er sagte: „ Du musst dich noch ein paar Tage schonen, dann will Maat-ka-Re genannt Hatschesput, die Herrscherin über den oberen und unteren Nil, über Ober- und Unter Ägypten dich sehen. Wir lassen dich jetzt alleine, damit du schnellstens wieder zu Kräften kommst."

Das war also die Wiedergeburt. Ich musste dies alles erstmal verdauen. Wenn ich hier aufgenommen werden wollte, musste ich mitspielen. Sprachlich schien alles zu funktionieren. Und wenn sie mich nach meiner Herkunft befragten, musste ich halt einen größeren Gedächtnisverlust vorspielen.

Nach ein paar Tagen war es soweit. Sie kamen, wuschen mich, ölten mich ein und gaben mir neue Kleider. Eigentlich recht angenehm, so ohne Unterhose in einem Minirock ähnlichen Beinkleid. Ich wurde noch umfassend unterwiesen wie ich mich der Königin gegenüber zu verhalten habe. Wie ich mich verbeugen sollte, und dass ich auf gar keinen Fall reden darf ohne gefragt zu werden.

Dann kam der große Augenblick. Der Priester und sein Gefolge begleiteten mich in die Gemächer der Königin. Als wir den Saal betraten verbeugte sich der Priester tief und kniete nieder. Ich machte es ihm nach und mit mir sein ganzes Gefolge. Die Königin machte ein Zeichen, dass wir näher kommen sollten. Wir standen auf und gingen mit gesenkten Häuptern auf sie zu. Als wir wenige Meter von ihr entfernt waren, gab uns ihr Vertrauter ein Zeichen. Hatschesput sprach mich direkt an: „ Woher kommst du Fremder? Was machst du in unserem Land?" Ich räusperte mich und sagte: „ Es tut mir leid ich weiß es nicht. Mein Kopf ist leer, deshalb kann ich nicht sagen wer ich bin und woher ich komme." Senenmut der Vertraute der Königin grinste: „ Unter der Folter wird es ihm schon wieder einfallen." In mir verkrampfte sich alles. „ Beruhige dich, wir bekommen alles was wir wollen" sagte die Königin zu ihrem Vertrauten und fuhr mit der Hand an seinem Oberschenkel entlang. Dieser entspannte sich Augenblicklich.

Hatschesput schaute den Priester an: „ Lass den Fremden bei mir. Wenn ich mit ihm fertig bin, lasse ich es dich wissen." Der Priester und sein Gefolge verneigten sich tief und gingen rückwärts aus dem Saal. „ Auch du Senenmut, lasst mich allein mit ihm." Als Senenmut hinausging, warf er mir einen Blick voller Hass zu. Als alle gegangen waren, gab die Königin Anweisung an zwei ihrer Hofdamen mich zu waschen und einzuölen. Sie entkleideten mich so, dass Hatschesput zusehen konnte. Das Waschen ging noch aber als sie mich einölten regte sich bei mir etwas. Hatschesput winkte mich zu sich. Sie griff nach mir und sie war anscheinend einigermaßen zufrieden. Ich war mehrere Stunden mit ihr zusammen. Als sie genug von mir hatte, rief sie ihre Hofdamen und diese mussten mich ankleiden und hinausführen. Im Garten des Palastes traf ich Senenmut. Dieser zischt: „ lass die Königin in Ruhe, oder ich werde dich töten." „ Ich gehorche nur ihren Befehlen." Er drehte sich um und ging wortlos davon. Ein Gehilfe des Priesters, der anscheinend auf mich gewartet hatte, nahm mich am Arm und führte mich von diesem Ort weg. Er flüsterte mir zu: „ Seid vorsichtig, wer Senenmut zum Feind hat, der ist schneller tot als ihm lieb ist." Ich nickte und bedankte mich bei ihm. Als der Priester mich sah, lächelte er mir wohlwollend zu.

Am nächsten Tag rief die Königin mich wieder zu sich. Es war wie am Vortag. Als sie genug von mir hatte, schickte sie mich weg. Als ich in den Park kam, war dieser menschenleer. Ich schaute mich um, sah aber niemand. Plötzlich stand Senenmut vor mir und zischte: „ Ich habe es dir gesagt. Du wirst jetzt deine Ahnen besuchen." Ich sah noch wie er mit einem Beil nach mir schlug. Dann sah ich nur noch ein paar grelle Blitze und dann war alles still und friedlich......

Ich sah mich um. Mein Kopf dröhnte. Ich saß in unserem Büro. Wir waren pleite, ich würde Alzheimer bekommen und Jule meine Joggingfreundin bekam ein Kind von mir. Ich war entsetzt, sollte alles von vorne anfangen? Das pure Grauen schüttelte mich. Wenn ich jetzt wieder Selbstmord machen würde, wo würde ich dann wieder landen? Ich brach weinend zusammen........

Das Leben und der Tod, halten manche Überraschung bereit. (Epiker)

Verhängnisvoller Irrtum

Es war wie ein Echo. Er hörte die Stimme des Arztes wie in Watte gebetet. Die Stimme drang zu ihm durch wie durch dichten Nebel. „Es sieht so aus als hätten sie Lungenkrebs. Wir müssen nur noch ein paar Auswertungen vornehmen, dann können wir es mit absoluter Sicherheit sagen. Wir sollten dann aber sofort mit der Chemotherapie anfangen." Er brachte kein Wort heraus. Er nickte nur in die Richtung des Arztes und seiner Gefolgschaft. Als diese gegangen waren, drehte er sich zum Fenster um und fing leise an zu weinen. Verzweifelt überlegte er wie er diese Nachricht seiner Frau Heidi beibringen sollte. Diese war nach außen hin ihrer Umwelt gegenüber immer sehr bestimmend, aber innerlich sehr sensibel.

Er verließ das Krankenhaus und ging zu seinem Wagen. Planlos fuhr er durch die Stadt ohne ein besonderes Ziel. Er wusste nicht was er tun sollte. Nach einiger Zeit parkte er in einer Seitenstraße. Er stieg aus und lief etwas unsicher durch die Straßen. Dann stand sein Entschluss fest. Er würde Heidi nichts sagen. Er wollte noch alles regeln, damit sie sorgenfrei leben konnte, dann würde er Schluss machen.

Als er nach Hause kam, umarmte ihn Heidi und fragte sofort: „ Und, wie sieht das Ergebnis aus ? Ist alles in Ordnung? Er lachte sie an und sagte: Ich bleibe dir noch eine Weile erhalten." „ Gott sei Dank, mir sind schon die schlimmsten Dinge durch den Kopf gegangen." „ Na und wenn schon, ohne mich hast du ein paar Sorgen weniger." Sie schüttelte ihn: „ Hör auf mit diesem Quatsch." Heidi deckte den Tisch und sie tranken Kaffee und aßen Kuchen. Nach außen hin war alles in Ordnung, innerlich jedoch bebte sein ganzer Körper.

Nachts fand er keine Ruhe. Von schlafen konnte keine Rede sein. Am nächsten Morgen war er wie gerädert. Er konnte kaum aus den Augen sehen. Als Heidi zur Arbeit ging, war für ihn alles klar. Er schrieb ihr eine Nachricht, in welcher alles genau von seinem Lungenkrebs stand. Dann fuhr er auf dem direkten Weg zu dem höchsten Hochhaus, welches er kannte. Zweiundzwanzig Etagen hatte die Landesversicherungsanstalt. Das müsste für einen Selbstmord reichen.

Als er ankam beschlich ihn ein mulmiges Gefühl. Er wusste wenn er es jetzt nicht machen würde, dann nie wieder. Als er mit dem Aufzug nach oben fuhr, spürte er ein leises innerliches vibrieren. Als er am obersten Stockwerk angekommen war, stieg er aus dem Fahrstuhl. Er musste noch ein paar Treppenstufen hoch bis zu einer Eisentür. Diese führte direkt auf das Dach. Er ging sofort auf das Geländer zu, kletterte darüber und sprang. Ein großartiges Gefühl von frei und losgelöst spürte er noch, dann ein greller Blitz und alles war vorbei.

Eine Polizeibeamtin überbrachte Heidi die furchtbare Nachricht. Diese alarmierte einen Notarzt, weil Heidi zusammengebrochen war.

Am nächsten Tag als sie sich wieder einigermaßen gesammelt hatte, klingelte das Telefon: „ Hier Hauptkrankenhaus, Schwester Veronika am Apparat, ist ihr Mann zu sprechen?" Heidi stotterte ein wenig: „ Nein, er ist nicht da." „ Macht nichts, eine gute Nachricht kann ich auch ihnen sagen. Ihr Mann ist kerngesund, bei uns wurde nur eine Krankenakte verwechselt. Richten sie bitte ihrem Mann noch einen schönen Gruß aus und sagen sie ihm, dass es uns leid tut."

Vertraue niemals einem Lebenden, denn nur der Tod ist zuverlässig.
Alfred Paetz

Scheißtechnik

Albin fluchte: „ Ich werde noch verrückt. Nichts haut hin. Langsam bin ich der Meinung, wir kriegen den Mistzwerg niemals zum Laufen." Dan lachte: „ Schau ihn dir doch an, er sieht dich so treuherzig an. Der wartet nur bis wir ihm Leben eigehaucht haben." Er streichelte ihrem Kunstwerk über den Kopf. Es war ein Roboter mit einem Menschenähnlichen Gesicht. Auch seine Arme und Beine waren denen eines Menschen nachgebildet. Sein Körper war voller Elektronikwelche aber noch nicht richtig funktionierte. Alles war aufgebaut wie bei einem Computer, nur lief es noch nicht so wie sie es sich vorgestellt hatten. Der kleine Kerl war ungefähr 1.50 m groß. Albin brummelte vor sich hin und meinte dann: „ Ich rufe jetzt zu Hause an, Olivia und Kate sollen uns abholen und wir gehen gemeinsam etwas essen." Dan meinte: „ Das ist eine gute Idee, dann bekommen wir auch wieder den Kopf frei." Albin nahm sein Handy und rief Olivia an. Diese war sofort von der Idee begeistert. Seit Albin und Dan an ihrem Roboter Projekt arbeiteten, waren sie nur noch selten zu Hause. Olivia und Kate verbrachten sowieso jede freie Minute miteinander und so freuten sie sich auf das gemeinsame Abendessen. Albin und Dan hatten ihre Werkstatt und das Labor am Rande eines großen Industriegebietes von Cairns.

Sie hatten sich vor ungefähr einem Jahr selbständig gemacht, nachdem sie die ersten Fördergelder vom Staat erhalten hatten. Als dann noch ein großer Elektronikkonzern als Sponsor dazukam, war ihre Arbeit an dem kleinen Roboter für die nächsten Jahre gesichert.

Die Idee war, dieser Roboter sollte selbständig denken und handeln können, auch ohne dass man ihm erst Befehle geben musste. Er sollte Probleme und Fehler, zum Beispiel an Maschinen und Großcomputern selbständig erkennen und in Ordnung bringen. Über ein Spracherkennungs modul sollte man ihm auch mündliche Befehle erteilen können. Die von Dan und Albin entwickelte Software war zwar schon erfolgversprechend, aber hatte noch einige Fehler.

Als Olivia und Kate eintrafen, standen Albin und Dan schon bereit. Sie liesen ihre Autos stehen und stiegen zu ihren Frauen ein. „ Wohin gehen wir?" fragte Kate. „ Dorthin wo es die größten Steaks gibt" meinte Albin. „ Also zum Hafen" grinste Dan. Dort gab es eine rustikale Kneippe, welche riesige Steaks und haufenweise Bratkartoffeln auf den Tisch brachten.

Als die erste Runde Bier auf dem Tisch stand, tauten sie langsam auf. Das Gespräch drehte sich, wie sollte es auch anders sein, um ihren kleinen Freund in der Werkstatt. Als die Steaks kamen, ebbte das Gespräch ab und alle konzentrierten sich auf das Essen. Nachdem sie gegessen hatten und der Cognac und der Espresso vor ihnen stand fragte Olivia: „ Könnt ihr schon abschätzen wann euer Zwerg zum Laufen kommt." „ Laufen kann er schon, nur Denken kann er noch nicht so wie wir uns das vorgestellt haben." Kate grinste: „ Und wenn das funktioniert kann man theoretisch euch Männer abschaffen, die kleinen Kerle übernehmen dann alles." Großes Gelächter unter den Vier. Albin lachte: „ Schaut uns doch an, wir sind niemals zu ersetzen." Es tat gut, mal nicht an die Arbeit und ihre Probleme zu denken. Dieser Abend war richtig entspannend, da auch Olivia und Kate unter der Arbeit ihrer Männer zu leiden hatten. Je nachdem wie die Arbeit voran ging, sahen sie sich manchmal mehrere Tage nicht. Sie nahmen noch einen Drink, dann brachen sie auf. Da sie recht müde waren, vereinbarten die Männer am nächsten Tag erst wieder gegen Mittag in die Werkstatt zu kommen.

Frisch und ausgeruht trafen sie sich am nächsten Tag wieder in der Werkstatt. Nach einer kurzen Begrüßung tranken sie noch einen Becher Kaffee und beratschlagten ihr weiteres Vorgehen. Sie kamen überein, dass sie beide unabhängig voneinander mit der Programmierung beginnen sollten, da dann die Chancen auf Erfolg größer wären. In regelmäßigen Zeitabständen verglichen sie ihre Arbeit und stimmten sie miteinander ab. Spät in der Nacht legten sie erschöpft ihre Arbeit nieder und wollten am nächsten Morgen die Ergebnisse an ihrem kleinen Freund testen. Bisher verliefen die Tests noch nicht optimal, aber jeder kleine Fortschritt ermunterte sie weiter zu machen.

Sie hatten in der Werkstatt Liegestühle, auf denen sie immer schliefen, wenn sie bis spät in der Nacht gearbeitet hatten. An Schlaf war aber nicht zu denken. Beide wälzten sich hin und her und bekamen ihre Probleme nicht aus dem Kopf. Am nächsten Morgen, beim Frühstück, kamen sie überein, dass sie ihrem kleinen Freund alles was sie hatten, einprogrammieren wollten. Sie wollten sehen, was dieser damit anfangen würde. Zuerst gaben sie ihm einen Namen. Dazu nahmen sie die Anfangsbuchstaben ihrer Namen. Ab sofort wurde er nur noch AD1 genannt. Zwei Tage programmierten sie AD1 mit allem was sie hatten. Dann unternahmen sie die ersten Versuche. Mit der Fernbedienung klappte alles recht gut. AD1 lief in alle ihm aufgetragenen Richtungen. Auch mit seinen Armen und Händen tat er alles was man ihm befahl. Jedoch Befehle, welche man AD1 mündlich gab, waren noch lange nicht zufriedenstellend. Er reagierte schwerfällig und manchmal auch sehr eigenwillig.

Trotzdem waren Albin und Dan überrascht, dass es besser lief als es am Anfang ausgesehen hatte. Jetzt waren sie in der Lage, Schwachstellen welche sie die ganze Zeit übersehen hatten in Ordnung zu bringen.

Nach einigen Tagen ohne Schlaf und einer Menge ungesunder Nahrung, wie Coke, Pizza und Burger aller Art meinte Dan: „ Ich glaube wir sollten wieder mal etwas richtiges essen. Eine Dusche und frische Kleidung wäre auch nicht schlecht." Albin grinste: „ Wenn unsere Frauen uns so riechen, werden sie vermutlich tot umfallen."

Als Olivia und Kate später kamen, war großes Naserümpfen und riesiges Gelächter angesagt. Als Albin und Dan sich geduscht und umgezogen hatten, fuhren sie zu ihrem Stammlokal und widmeten sich großen Steaks und noch größeren Mengen Bier. Sie verabredeten, dass sie erst am übernächsten Tag wieder weiter arbeiten wollten. Die beiden Männer grinsten und ihre Frauen sahen sich vielsagend an und zwinkerten sich zu.

Da sie beide permanent überarbeitet waren, tat ihnen der freie Tag richtig gut. Dann ging es wieder los. Morgens um acht Uhr trafen sie sich zufällig vor der Werkstatt. Sie begrüßten sich und Albin meinte grinsend: „ Mal sehn was AD1 die ganze Zeit getan hat." Dan schloss die Tür auf und sie gingen hinein. Alles war so wie sie es verlassen hatten. Nur AD1 stand mitten in der Werkstatt. Albin sagte erstaunt zu Dan: „ Haben wir vergessen ihn auszuschalten?" Dan schüttelte mit dem Kopf und verneinte dies entschieden. Als sie näher kamen wurden sie von einer krächzenden Stimme empfangen. AD1 schaute in ihre Richtung und sagte recht undeutlich: „ Steuerungsmodul Klimaanlage defekt. Klima – anlage defekt. Klimaanlage defekt." Albin und Dan standen da wie vom Donner gerührt. Sie sahen sich an und umarmten sich lachend. Dan tanzte um AD1 herum und sang: „Wir haben es geschafft, wir haben es geschafft." Albin sah zu AD1 hinüber und sagte: „Erzähl uns mal, was du alles getan hast als wir nicht hier waren." „Meine Programmierung geändert, Programmierung geändert." Albin und Dan waren fassungslos. Sie standen da mit Tränen in den Augen. Albin meinte leise: „Wir dürfen noch zu keinem Menschen etwas sagen, da wir noch viele Tests vornehmen müssen. Und erst wenn alles hundertprozentig funktioniert, werden wir AD1 patentieren lassen und an die Öffentlichkeit gehen." Dan nickte: „Das Beste ist, wenn wir alles in Ruhe angehen, damit wir nicht noch einen Fehler machen. Jetzt machen wir erst einen Plan wie wir am effektivsten vorgehen damit wir nichts übersehen."

Sie setzten sich an ihre Schreibtische und begannen alles aufs Genaueste zu prüfen. Dazu war auch notwendig, dass sie AD1 hinzuzogen um nachzusehen was er selbst an der Programmierung geändert hatte. Sie waren erstaunt, wie einfach alles eigentlich war. AD1 war mit einer unglaublichen Logik vorgegangen. Sie waren sich einig, wenn alles in Ordnung war möglichst schnell ein zweites Exemplar zu bauen.

Sie waren beide so emotional aufgewühlt, dass sie nicht in der Lage waren sich auf ihre Tätigkeit zu konzentrieren. Am späten Nachmittag kamen sie überein, nach Hause zu gehen um erst einmal ihre Nerven zu beruhigen. Sie vereinbarten, dass sie ihren Frauen nur sagen wollten, sie hätten einen Durchbruch erzielt.

Albin kam zu Hause in große Erklärungsnot. Er redete solange um den heißen Brei, bis Olivia immer misstrauischer wurde. Olivia fuhr Albin an: „ Jetzt aber raus mit der Sprache, ich will wissen was los ist. Habt ihr Krach miteinander oder ist etwas anderes passiert?"

Bevor Albin antworten konnte klingelte sein Handy. Es war Dan: „ Kate bringt mich jetzt um wenn ich keine vernünftige Erklärung habe. Ich glaube wir müssen es ihnen sagen."

Albin war erleichtert: „ Bei uns ist genau die gleiche Situation eingetreten. Ich wollte dich auch gerade anrufen und dir vorschlagen, dass wir es ihnen sagen. Kommt zu uns, denn diese Unterhaltung können wir nicht in der Öffentlichkeit vornehmen."

Zwanzig Minuten später trafen Dan und Kate ein. Albin holte eine Flasche Sekt und öffnete sie etwas umständlich. Olivia hielt es nicht mehr aus: „ Wenn du uns noch weiter hinhalten willst, dann trete ich dir irgendwohin wo es besonders weh tut." „ Wartet noch bis ich eingeschenkt habe, dann werden wir es euch sagen." Nachdem alle ihr Sektglas in der Hand hielten, begann Dan langsam an zu sprechen. Als alle die Nachricht von ihrem Erfolg verdaut hatten, begann die große Umarmung. Alle vier hatten sogar ein paar Tränen in den Augen. Nach einem feucht fröhlichen Abend, vereinbarten sie, dass sie sich erst am nächsten Tage nachmittags wieder in der Werkstatt treffen wollten.

Als sie am nächsten Tag zusammen die Werkstatt betraten, traf sie fast der Schlag. AD1 war gerade dabei ein Ebenbild von sich zu schaffen. Dan rief ganz konsterniert: „ Was machst du denn da." „ AD1 macht AD2, AD1 macht Ad2."

Material hatten sie für mindestens ein Dutzend von AD´s in der Werkstatt und im Lager. Nachdem sie sich umgezogen hatten, begannen sie das gesamte Material zu sortieren und in die Regale ein zu räumen. AD1 hatte inzwischen aufgehört an seinem Kollegen zu arbeiten und beobachtete sie aufmerksam. Albin und Dan waren sich einig, wenn sie mehrere Exemplare zur Verfügung hätten, wäre es leichter diese einer Sachverständigenkommission vorzuführen. Sie sahen sich an, was AD1 schon angefertigt hatte. Er hatte begonnen den Körber zu formen, aber weil er keine perfekten Finger hatte, waren seine Bemühungen nicht sehr erfolgreich. Mit Feuereifer machten sie sich daran die begonnene Arbeit von AD1 fortzusetzten. Dieser stand daneben und beobachtete sie aufmerksam, wie sie arbeiteten.

Nach ein paar Tagen waren sie soweit, dass sie mit dem Innenleben von AD2 beginnen konnten. Danach kam das Schwierigste, nämlich die Programmierung. Nach ein paar Tagen waren sie soweit, dass sie die ersten Tests vornehmen konnten. AD1 stand die ganze Zeit wortlos daneben und beobachtete die Arbeit von Albin und Dan genau. Nach den ersten Tests mussten sie noch ein paar kleine Korrekturen vornehmen.

Dann kam der große Augenblick. „ Hallo, AD2 kannst du mich verstehen?" „ AD2 versteht dich, AD2 versteht dich." Albin und Dan schauten sich an und waren überglücklich. Jetzt konnten sie die Patentierung vornehmen lassen. Was noch Wichtiger war, ihren

Geldgebern ein großartiges Ergebnis präsentieren. Da sie auch Fördermittel vom Staat erhielten, hatten auch verschiedene Ministerien bei ihnen angeklopft. Das größte Interesse zeigte der Verteidigungsminister.

Albin und Dan konzentrierten sich darauf, Material für den Bau von weiteren AD´s zu ordern. Ihnen war klar, wenn alles patentiert war und die Öffentlichkeit endgültig von ihrem Erfolg erfährt, würden sie mit der Produktion nicht mehr nachkommen. Das Geld würde dann sprudeln ohne Ende.

Da sie schon wieder mehrere Tage fast durchgearbeitet hatten, kamen sie überein, dass sie einen kleinen Urlaub verdient hätten. Nach einer Woche wunderbar erholsamen Urlaub fuhren die vier wieder nach Hause.

Albin und Dan gingen sofort wieder in den Betrieb, um alles weitere zu organisieren. Als sie die Werkstatt betraten, sahen sie sofort ein unüberschaubares Chaos. AD1 und AD2 waren mit zwei anderen AD´s gerade dabei, Nummer fünf und sechs zu bauen.

Albin brüllte: „ Aufhören, seid ihr denn verrückt geworden. Ihr könnt doch nicht machen, was ihr wollt." Albin und Dan begannen sofort aufzuräumen und Ordnung zu schaffen. AD1 und AD2 stellten sich aber immer wieder in den Weg und störten sie wo sie nur konnten.

Zwei Tage später, stand in der Zeitung eine große Schlagzeile: „Außer Kontrolle geratene Roboter töteten ihre Erbauer." Polizei und Militär konnten sie nur mit Hilfe schwerer Waffen unschädlich machen. Ob welche Entkommen sind, ist nicht bekannt."

Gar manche Schöpfung geriet außer Kontrolle, das sieht man an den Menschen.
Alfred Paetz

Der Grill

Al ließ alles nochmal Revue passieren. Er hatte Cindy schon länger in Verdacht, dass sie fremdging. Er täuschte Überstunden vor um sie in Sicherheit zu wiegen. Dann beobachtete er sie ein paar Tage lang. Nach drei Tagen wurde sein Warten belohnt. Ein blauer Ford hielt vor seinem Haus. In traf fast der Schlag, es war sein bester Freund Jo. Das schlug dem Fass den Boden raus, sein bester Freund nagelte seine Frau.

Er wartete noch ungefähr eine halbe Stunde, dann ging er mit weichen Knien auf die Hintertür zu. Da diese selten abgeschlossen war, konnte er sie mit einem Ruck öffnen. Er rannte so schnell er konnte in die Richtung wo ihr Schlafzimmer lag. Als er die Tür aufriss fuhren die zwei Gestalten, welche sich gerade intensiv vergnügten, auseinander. Cindy stieß einen Schrei aus und Jo sah ihn an als käme er von einem anderen Stern.

Al zog seinen Revolver aus seinem Hosenbund und grinste Jo an: „ Du kannst dich jetzt von deinen Eiern verabschieden." Er hob den Revolver und Jo fing an zu kreischen: „ Mensch Al mach doch keinen Blödsinn, wir können dir alles erklären."

Al schüttelte den Kopf und drückte ab. Jo´s Gemächte spritzte durch das ganze Schlafzimmer. Da Jo´s Geschrei jetzt viel zu laut war, stieß Al ihm den Lauf seines Revolvers in den Mund. Cindys Geschrei ging in ein Krächzen über. Als er abdrückte spritzte Jos Gehirn direkt auf Cindy. Diese war mittlerweile in eine für sie wohltuende Ohnmacht gefallen.

Al grinste, als ihm dies alles wieder durch den Kopf ging. Cindy seine Exfrau hatte damals einen so schweren Schock erlitten, dass sie seitdem in einem psychiatrischen Krankenhaus war.

Als Al Schritte hörte, welche näher kamen, überfiel ihn für einen kurzen Moment, Furcht. Er hatte sich aber sofort wieder unter Kontrolle.

Sie waren es. Der Direktor zwei Wärter und der Pfarrer. Der Direktor sah ihn an: „ Al, es ist so weit." Sie gingen den langen Gang entlang, begleitet von aufmunterten Rufen seiner Zellengenossen. Als er auf dem elektrischen Stuhl festgeschnallt wurde, kam ihm nur der Gedanke: „Hoffentlich geht es schnell."

Es ging schnell.

Die Asche macht alle gleich
Seneca (röm.Philosoph)

Bombenstimmung

Als Fred zum Boss gerufen wurde, wusste er schon was auf ihn zukam. Immer wenn Ferien waren, bekam er ein paar Studenten zugeteilt. Fred arbeitete als Lagerverwalter in einem gigantischen Kühlhaus. Dort lagerten tausende von Tonnen Tiefkühlprodukte, wie Hähnchen, Hamburger und die Brötchen dazu für eine der führenden Hamburgerketten. Mr. Winston hatte sein Büro etwas abseits der riesigen Lagerhallen der Road and Railway Comp. „ Hey Fred komm rein" rief Mr. Winston ihm entgegen als Fred das Büro betrat. Fred grinste und meinte: „ Hallo Boss wie viele bekomme ich dieses Jahr auf das Auge gedrückt." „ Vier Stück, zwei Mädchen und zwei Jungs. Bring ihnen so viel als nur möglich bei, du weißt ja das sind wieder die Gören von Aufsichtsratsmitgliedern." Fred nickte und sagte: „ Sobald sie da sind, sollen sie sich bei mir melden. Und sagen sie ihnen bitte, dass sie zum Arbeiten hier sind und nicht zum Vergnügen." „ Alles klar, ich werde sie mir auf jeden Fall vorknöpfen."

Fred war zufrieden, er wusste Mr. Winston würde den vieren schon das richtige sagen. Er wechselte noch ein paar belanglose Worte mit seinem Boss und ging dann wieder in Richtung Kühlhaus. Als er in seinem kleinen Lagerbüro ankam, machte er sich sofort daran für die vier Aushilfskräfte einen Einsatzplan zu erstellen. Er wusste wenn die vier in Ordnung waren, hatte er in den nächsten Wochen ein ruhigeres Leben. Neben seinem Büro war ein Aufenthaltsraum de er betrat. Dort waren zwei seiner engeren Mitarbeiter gerade bei ihrer Mittagspause. Die anderen Kollegen machten ihre Pause im jeweiligen Stockwerk in welchem sie arbeiteten. Don, ein behäbiger Mittvierziger und Jill eine rothaarige quirlige Person, welche auch die Vierzig überschritten hatte, obwohl sie seit Jahren behauptete sie sei so ungefähr fünfunddreißig. Beide hoben den Kopf als Fed eintrat und fragten wie aus einem Mund: „ Was haben wir jetzt schon wieder angestellt?" „ Ihr bekommt ab nächster Woche wieder ein paar junge Helfer, welche wieder ein paar Wochen hier sein werden." Don und Jill sahen sich an und Jill meinte trocken: „ Bestimmt wieder ein paar Collegeboys welche wieder Probleme mit dem Kopfrechnen haben."

„ Ich glaube wir sollten uns einfach überraschen lassen." Don grinste nur und zuckte mit den Schultern. In der

Vergangenheit hatten sie schon vereinzelt Probleme mit den Aushilfen gehabt, aber Fred hatte sich immer durchgesetzt.

Am übernächsten Tag war es soweit. Der Boss brachte sie persönlich zu Fred in sein Büro. Dieser war angenehm überrascht, denn alle vier waren ihrer äußeren Erscheinung nach, recht sympathisch. Nicht so abgefahrene Freaks, die sofort ihre Klappe aufrissen und aussahen als wären sie Junkies mit einer Ladung Speed intus.

„ Hey Fred, das sind die neuen Mitarbeiter Melanie, Vicky, Steve und Bill." Fred gab allen die Hand und meinte: „ Die nächsten Wochen werden für euch nicht einfach werden, aber ich bin davon überzeugt, dass wir das hinbekommen. Der Boss verabschiedete sich und Fred schnappte die vier und ging mit ihnen in den Aufenthaltsraum. Dort zeigte er ihnen wo sie sich umziehen konnten und wo Pause gemacht wurde.

Als sie ihre gefütterten Overalls anhatten, nahm Fred sie mit in das Kühlhaus. Dort ging alles vollautomatisch über die Bühne. Die ankommende Palettenware wurde direkt von den Trucks über Rollenbänder per Computer bis an das richtige Regal gebracht. Dort wird die Ware erfasst und von einem Mitarbeiter mittels hydraulischer Steuerung im Regal eingelagert.

In umgekehrter Richtung funktionierte es genauso. Vom Regal auslagern auf die Rollenbänder und dann zum Kühlhaus raus direkt auf die Trucks. Die vier Neulinge waren beeindruckt. Fred wies ihnen ihre Plätze zu, wo sie erst einmal gründlich eingelernt wurden. So mussten sie lernen, dass die neue Ware immer so eingelagert werden musste, damit die ältere Ware zuerst ausgeliefert werden konnte. Die vier staunten, welche ungeheuren Mengen täglich angeliefert und wieder ausgeliefert wurden. Dass die Supermärkte und Fastfoodketten ihre Ware täglich frisch benötigten, daran hatten sie noch nie gedacht.

Nach ein paar Tagen kamen sie schon gut zurecht und Fred war sehr zufrieden mit seinen vier neuen Helfern. Am Freitagmorgen nahm Fred sie zu Arbeitsbeginn alle mit in den Untergrund. Das Kühlhaus hatte nicht nur vier Stockwerke über der Erde, sondern auch noch zwei unter der Erde. Sie fuhren mit dem Aufzug nach unten in das erste Untergeschoss. Die vier kamen aus dem Staunen nicht heraus. Dann ging es weiter in das zweite Untergeschoss. Da wurde ihnen erst richtig bewusst welche riesigen Mengen Lebensmittel hier eingelagert waren. Fred erklärte ihnen mit welcher Sorgfalt gearbeitet werden musste, damit alle Kunden ihre Ware pünktlich und schnell geliefert bekamen.

Als sie alles gesehen hatten, gingen sie zum Aufzug. Kurz bevor sie den Aufzug erreichten flackerte plötzlich das Licht und eine Hitzewelle durchflutete sie. Im selben Augenblick sprangen die Notstromaggregate an. Fred fluchte: „ Wir haben Stromausfall, das ist das letzte was wir brauchen können. Den Aufzug können wir nicht nehmen, da nicht sicher ist ob wir oben ankommen." Sie liefen in die hinterste Ecke des Lagers, dort war ein Notaufstieg. Fred kletterte voran und öffnete an der Decke die Klappe damit sie in das nächste Geschoss steigen konnten. Von dort ging es auf die gleiche Weise bis zum Erdgeschoss hoch. Als sie dort ankamen, war das erste was sie sahen, ein Gabelstapler mit einer zusammengesunkenen Person darauf. Fred brüllte: „ Hey, schlaf zu Hause und nicht bei der Arbeit." Die Gestalt rührte sich nicht. Fred ging zu ihm und rüttelte an seiner Schulter. Sofort sank er vollends in sich zusammen. Da er einen Sicherheitsgurt angelegt hatte, konnte er nicht vom Gabelstapler fallen. Als Fred den Kopf anhob um nachzusehen was los ist, blickte er in ein paar glanzlose verdrehte Augen. „ Verdammt, er ist tot. Holt sofort einen Notarzt." rief Fred. Steve und Melanie rannten los. Bill und Vicky traten näher, getrauten sich jedoch nicht direkt zu dem Toten zu gehen.

Plötzlich ein gellender Schrei. Melanie kam angerannt und zitterte am ganzen Körper. Atemlos schluchzte sie: „ Da vorne liegen noch mehr, alle sind tot." Dann kam Steve angerannt: „ Keiner lebt mehr und es gibt auch keine Verbindung zur Ambulanz oder der Polizei. Fred drehte sich um und meinte: „ Wir müssen erst nachsehen was passiert ist. Bleibt alle zusammen." Fred ging zu dem Schaltpult und schloss alle Verladetore. Dann gingen sie gemeinsam in sein Büro. Nach mehreren Versuchen die Polizei zu erreichen, gab er es auf. Fred sah auf: „ Ich weiß nicht was passiert ist, deshalb müssen wir zusammen bleiben und sehr vorsichtig sein." Die anderen nickten und die Mädchen unterdrückten ein leises Schluchzen. Aber auch Bill und Steve kämpften mit den Tränen. Keiner hatte so etwas jemals im Leben gesehen. Fred war im Irak und in Afghanistan und hatte dort schon mehrmals mit Toten zu tun gehabt. Fred stand auf und sagte: „ Wir gehen jetzt ins Freie und schauen wie es dort aussieht. Ihr bleibt immer ein paar Meter hinter mir, wenn ich irgendein Problem bekomme, rennt ihr so schnell ihr könnt zurück in das Untergeschoss und versteckt euch." Die Vier nickten angstvoll. Fred ging vorsichtig in Richtung Ausgang. Er sicherte sich nach allen Seiten ab, genau wie er es im Krieg gelernt hatte. Als sie den Ausgang erreicht hatten, sagte er zu den anderen, sie sollten warten bis er sich umgesehen hatte. Fred öffnete die Tür und spähte hinaus. Dann schlüpfte er hinaus und sah sich hastig nach allen Seiten um.

Was er sah, war selbst für ihn furchtbar. Vor dem Supermarkt lagen zwei Frauen auf dem Gehweg. Auf der Verkehrsinsel stand ein Auto mit einem zusammengesunkenen Fahrer. Überall lagen Leichen. Was ihm inzwischen aufgefallen war, kein Blut und keine offensichtlichen Verletzungen. Er ging zurück zu den anderen. Er sagte leise: „ Wir gehen jetzt raus, ihr müsst aber stark sein, dort gibt es nur Tote. Niemand lebt mehr, soweit ich es überblicken konnte." Die Vier sahen sich entsetzt an und nickten. Steve hatte sich als erster wieder gefangen: „Was ist da passiert? Und wo ist die Polizei, was machen wir jetzt?" „ Wir gehen jetzt in den Supermarkt und schauen nach ob dort noch jemand lebt." meinte Fred. Sie gingen schräg über die Straße zum Supermarkt. Als sie diesen betraten, sahen sie sofort, dass keiner mehr lebte." Kommt mit, wir fahren in das Büro von Mr.Winston." Sie quetschten sich in Freds Geländewagen und fuhren in Richtung Büro. Unterwegs sahen sie kein einziges Wesen mehr, welches noch lebte. Selbst Hunde lagen tot neben ihren Besitzern. Als sie bei den Büros ankamen, war sofort klar, dass auch hier niemand mehr lebte. Fred stieg aus: Ich gehe rein und sehe nach und ihr bleibt im Auto und rührt euch nicht. Wenn irgendetwas Ungewöhnliches vorkommt, hupt mehrmals hintereinander. Fred ging hinein und war nach fünf Minuten wieder da. Er sah, dass die Vier mit ihren Handys probierten eine Verbindung zu bekommen, aber keiner hatte Erfolg. Fred sagte leise: „ Jetzt fahren wir zu der Polizei und anschließend zu mir nach Hause." Als sie bei der Polizei ankamen, dasselbe Bild, alle tot. Fred bekam es mit der Angst zu tun, als er an seine Familie dachte. Er fuhr mit einem irren Tempo zu der Siedlung, in welcher Fred mit seiner Familie lebte. Doch als sie dort ankamen wurde seine Angst immer größer. Er saß noch eine ganze Weile im Auto, bevor er ausstieg und in sein Haus ging. Als Fred nach einer halben Stunde noch nicht wieder gekommen war, meinte Melanie sie sollten mal nachsehen was los ist. „Wenn Fred seine Familie tot aufgefunden hat, wird er auf jeden Fall fertig sein." Sie stiegen aus und gingen zum Haus. In diesem Moment, kam Fred aus dem Haus und lächelte ein wenig: „ Meine Frau ist nicht da. Sie hat mir eine Nachricht hinterlassen, dass sie mit den Kindern zu ihren Eltern gefahren ist. Ihr Vater hatte heute Morgen einen Herzinfarkt. Das ist zweihundert Kilometer von hier entfernt." Alle strahlten, wenigstens eine gute Nachricht. „ Jetzt müssen wir sehen, dass wir irgendein Telefon oder Funkverbindung zu irgendjemand bekommen, damit wir raus bekommen was hier passiert ist."

Sie setzten sich wieder ins Auto und fuhren ein paar Kilometer zurück, bis sie zu dem Radio – und Fernsehgeschäft von Herb Smith kamen. Zum Zeitpunkt des Unglücks waren anscheinend keine Kunden im Laden, da Herb alleine hinter der Verkaufstheke lag. Fred sagte: „ Schaltet ein Fernsehgerät ein und sucht nach leistungsstarken Funkgeräten." Steve und Bill kümmerten sich um die Fernsehgeräte und Radios. Vicky und Melanie suchten nach Handys und brachten alles herbei was aussah wie ein Funkgerät. Fred durchsuchte den Keller, solange bis er gefunden hatte wonach er suchte. Ein großes Notstromaggregat. Er untersuchte es kurz, dann startete er es. Es heulte auf und im selben Augenblick ging das Licht an. Er rannte nach oben und sah wie die anderen sofort mehrere Geräte anschlossen.

Nach einer Stunde und unzähligen Versuchen zu irgendeiner Menschenseele Verbindung zu bekommen, sanken sie entmutigt nieder. Fred meinte: „ Das Unglück kann nicht nur bei uns passiert sein, sonst hätten wir im Radio oder im TV einen Sender finden müssen." Die anderen nickten und Bill sagte leise: „ Wir können doch nicht die letzten auf dieser Erde sein." Melanie und Vicky hielten sich an den Händen und weinten leise vor sich hin. Steve grinste etwas unbeholfen: „ Verhungern werden wir nicht, das Kühlhaus ist voll von Lebensmittel. Sprit für die Notstromaggregate finden wir an jeder Tankstelle. Fred lachte leise vor sich hin: „

Jetzt werden wir uns im Supermarkt etwas zu Essen holen, denn ich bin am Verhungern." Sie gingen die paar hundert Meter zum Supermarkt und deckten sich erstmal mit genügend Essen und Trinken ein. Dann gingen sie wieder zu dem Elektronikladen zurück. Dort aßen sie erstmal gemütlich und überlegten, was sie als nächstes tun wollten. Fred hatte die beste Idee: „ Wir bringen die beste Satellitenantenne auf das Dach und probieren weiter ob wir irgend einen Sender finden. Jetzt suchen wir zuerst einen Platz wo wir schlafen können." Die Wahl fiel auf ein Sportgeschäft in der Nähe, bei welchem sie Schlafsäcke und alles Mögliche an Campingartikeln fanden.

Am nächsten Morgen frühstückten sie zuerst einmal im Supermarkt. Dann fuhren sie zu Herbs Fernsehgeschäft zurück. Dort machten sie sich auf die Suche nach der größten Satellitenantenne die sie finden konnten. Es dauerte lange bis sie etwas gefunden hatten. Steve suchte eine Leiter und Bill nahm die Antenne und ein paar Meter Kabel. Es dauerte nicht lange, dann war die Antenne notdürftig auf dem Dach befestigt. Das Kabel ließen sie frei vom Dach herunter hängen. Ein Fernsehgerät war schnell angeschlossen.

Nachdem Fred das Notstromaggregat im Keller eingeschaltet hatte, waren alle gespannt ob sie Erfolg hatten. Nach ein paar Stunden Suche nach einem Sender plötzlich ein Aufschrei: „ Leise ich habe etwas gehört." Sie suchten vorsichtig weiter bis der Ton jetzt einigermaßen verständlich war. Das was sie jetzt hörten, übertraf ihre schlimmsten Erwartungen: „ Meine Damen und Herren, dies ist eine Ansage vom Band, dies ist eine Ansage vom Band. Im Forschungszentrum für Kernwaffen in Alamo, geschah ein furchtbares Unglück. Durch eine unkontrollierte Explosion mehrerer neuartiger Bomben wurde eine tödliche Strahlung freigesetzt, welche sich langsam über den gesamten Kontinent ausbreitet. Wer nicht sofort ums Leben kam, wird in nächster Zeit qualvoll sterben.
„ Meine Damen und Herren, dies.............

Mit dem Tod ist alles aus. Auch der Tod?
Kurt Tucholsky

Haut Cuisine

Die beiden Jo´s, so wurden sie von ihren Freunden genannt, saßen an Deck ihres Segelbootes, welches sie erst vor ein paar Wochen günstig hatten kaufen können. Der Vorbesitzer war gestorben und seine Witwe hatte es zum Kauf angeboten. Jonathan und Jo-Ann planten schon längere Zeit einmal einen mehrmonatigen Segeltörn zu unternehmen. Jetzt hatten sie endlich ihr langersehntes Boot, welches auch einen kleinen Hilfsmotor hatte.

Sie verbrachten jede freie Minute auf ihrem Boot um es nach ihren Vorstellungen auszubauen. Jo meinte: „ Zweihundert Liter Trinkwasser müssten reichen. Wir haben ja noch unsere anderen Getränke dabei." Jo-Ann nickte: „ Wir müssen nur das Gewicht auf dem Boot gleichmäßig verteilen, damit wir beim Segeln keine Probleme bekommen." Sie standen auf und machten sich sofort dran, die noch leeren Wasserkanister versuchsweise auf dem Boot zu verteilen. Dann kamen noch die drei Proviantkisten dazu, welche gefüllt auch ein anständiges Gewicht haben würden. Es gab unheimlich viel zu tun. So mussten die Schlafkojen hergerichtet werden, die

Kochecke mit dem Gaskocher und den Gasflaschen geplant werden. Je mehr ihnen einfiel was man noch ändern oder verbessern könnte, desto mehr Spaß bereitete ihnen die Arbeit.

Abends gingen sie zu ihrem Lieblingsitaliener zum Essen, wo sie immer ein paar Freunde trafen. Seit sie eine kleine Erbschaft von einer kürzlich verstorbenen Tante gemacht hatten, konnten sie sich erlauben eine Auszeit von ihrer Arbeit zu nehmen. Ihr Arbeitgeber, eine große Versicherungsgesellschaft, bei der sie beide angestellt waren, war sofort mit Feuereifer dabei. Gegen eine finanzielle Unterstützung kam auch das Firmenlogo auf das Hauptsegel.

Von ihren Freunden hatten sie jede Hilfe die sie benötigten. Der eine half tatkräftig mit, der andere konnte benötigte Dinge besorgen oder hatte die entsprechenden Beziehungen. So war vieles kein allzu großes Problem. Da sie beide keine Kenntnisse in Nautik besaßen, belegten sie einen Kurs bei einer Schifferschule.

Nach ein paar Wochen intensiver Vorbereitung, waren sie soweit fortgeschritten, dass sie einen Probelauf machen konnten. Am Wochenende luden sie ein paar Freunde ein, damit die erste Fahrt mit ihrem umgerüsteten Boot gebührend gefeiert wurde. Die Sektkorken knallten und alle waren lustig und vergnügt. Nach einer Reihe dummer Scherze, hatte Jo genug und er drängte Jo-Ann sich endlich loszureißen damit sie lossegeln konnten. Die Freunde machten die Leinen los und Jo warf den Hilfsmotor an. Sie tuckerten ein paar hundert Meter aus dem Hafen in Richtung offenes Meer. Dann setzten sie die Segel. Der Wind blies nicht allzu fest aber stetig aus Nordöstlicher Richtung. Sie hatten die Wasser und Treibstoffkanister gefüllt und für die noch nicht vorhandenen Vorräte einiges an Ballast geladen.

Die See war ruhig und sie segelten ein paar Meilen vor dem Wind, bis Jo ein Wendemanöver einleitete. Ihr Boot war durch die große Last die es tragen musste ziemlich schwerfällig. Das Wendemanöver gelang zwar, war jedoch nicht optimal. Als sie wieder in Richtung Heimathafen segelten, mussten sie eine ganze Weile den Hilfsmotor einschalten, da sie mit dem Segel setzen ein wenig Probleme hatten. Jo meinte zu Jo-Ann: „ Da müssen wir noch gewaltig trainieren damit das Segel setzen besser klappt. Unterwegs sind wir ganz auf uns gestellt, dann hilft uns auch kein Hilfsmotor mehr." Jo-Ann nickte: „ Du hast recht, wir sollten jeden Tag ein paar Meilen zurücklegen bis es reibungslos hinhaut. Morgen werden wir noch den fehlenden Teil unserer Ausrüstung vervollständigen. Dann werden wir noch ein paarmal rausfahren um unsere Segelkünste zu perfektionieren." Jo nickte und schaute dabei auf den Kompass. Er nahm das Fernglas und schaute angestrengt in die Richtung in der ihr Hafen sein müsste. Nach einer Weile rief er plötzlich: „ Gott sei Dank. Wir sind zwar ungefähr eine Meile vom Kurs abgekommen, aber im Großen und Ganzen sind wir richtig." Jo-Ann grinste: „ Bravo, du bist halt der Großmeister im segeln." So alberten sie übermütig herum, bis sie ihren Hafen direkt vor sich sahen.

Sie holten das Segel ein und liesen sich in Richtung Hafeneinfahrt treiben. Jo warf den Hilfsmotor an, um die letzten Meter sicher und ohne Probleme zurückzulegen. Als ihr Boot an der Kaimauer lag, fielen sie sich in die Arme und strahlten sich an, Jo-.Ann meinte:" Unser Traum rückt immer näher, wir müssen nur noch etwas für unsere Segelkunst tun." Jo nickte: „ jetzt schauen wir nach wieviel Sprit unser Motor gebraucht hat, damit wir abschätzen können, wie weit wir mit unseren Treibstoffvorräten kommen. Und dann werden wir mit der ganzen Clique feiern."

Als sie mit dem Boot fertig waren, machte Jo einen Rundruf an ihre Freunde. Dann als sie sich in ihrem Stammlokal trafen, wurden sie mit großem Hallo begrüßt. Sie feierten bis spät in der Nacht. Irgendwann bemerkten sie, dass sie müde wurden. Der Segelausflug hatte doch einiges an Kraft gekostet. Sie verabschiedeten sich von ihren Freunden und gingen nach Hause. Sie schliefen bis zum nächsten Nachmittag. Als sie etwas gegessen hatten, fuhren sie zum Hafen um auf ihrem Boot gründlich zu überlegen, was sie noch verbessern konnten. Wieder rausfahren wollten sie erst wieder am nächsten Tag früh morgens.

Sie fuhren eine ganze Woche lang täglich raus, bis Jo meinte sie wären jetzt so weit, dass sie ihr Abenteuer beginnen konnten. Sie begannen Vorräte einzukaufen und das Boot entsprechend einzurichten. Als sie der Meinung waren, sie hätten an alles gedacht, planten sie die Abfahrt für den übernächsten Tag. Sie wollten noch einmal mit ihren Freunden zusammen Abschied feiern.

Dann kam der große Tag. Noch vor dem Morgengrauen stachen sie in See. Sie waren beide aufgeregt. Bald merkten sie, dass dies keine Trainingsfahrt war, sondern eine weitaus größere Belastung darstellte. Jo war permanent mit navigieren beschäftigt und dadurch hatte Jo-Ann alle Hände voll zu tun um das Ruder zu bedienen und das Boot auf Kurs zu halten.

Nach ein paar Stunden waren beide erschöpft. Sie umarmten sich und Jo meinte: „ Das war erheblich anstrengender als unsere Trainingsfahrten, aber wir werden es bewältigen." J-Ann grinste und nickte etwas erschöpft: „ In zwei bis drei Monaten wird alles reibungslos klappen." „ Wir werden die Segel einholen und uns eine Pause gönnen." Als sie das Segel soweit eingeholt hatten, dass sie nicht abgetrieben werden konnten, setzten sie sich hin und gönnten sich erstmal einen kleinen Schluck Rum. Jo lachte als Jo-Ann das Gesicht verzog: „ Da musst du durch, du bist jetzt ein echter Seebär." „ Wow, das wärmt aber unheimlich." Jo nickte und lachte nur.

Nach einer Stunde meinte Jo: „ Auf geht's, wir müssen weiter. Wenn der Wind weiter so günstig bläst, werden wir irgendwann heute

Nacht eine Insel erreichen. Dann können wir uns richtig ausruhen.

Es wurde fast Mitternacht als Jo durch sein Nachtglas die Umrisse einer Insel sah. Inzwischen hatte der Wind fast ganz nachgelassen und so konnten sie sich mit der Dünung in Richtung Strand treiben lassen. Da sie die Wassertiefe nicht kannten, warfen sie den Anker und holten die Segel ein. Kurz darauf lagen sie in ihrer Koje und schliefen den Schlaf der Gerechten.

Am nächsten Tag, die Sonne stand schon ziemlich hoch, polterte etwas unsanft an gegen ihre Bordwand. Sie fuhren hoch und schauten nach der Ursache. Ein kleines Fischerboot mit einem älteren bärtigen Mann und ganz offensichtlich seinem Sohn lag neben ihnen. Sie lachten freundlich und wünschten einen guten Morgen. Sie tauschten ein paar Höflichkeiten aus, dann fuhren die beiden Fischer weiter.

Nach einem ausgiebigen Frühstück holten sie den Anker ein und fuhren weiter. Sie hatten kein besonderes Ziel. Da Jo-Ann vor einiger Zeit einen Bericht über Neuseeland gelesen hatte, wollte sie unbedingt dorthin um sich von der Schönheit des Landes zu überzeugen. Jo dagegen war eine Abenteurernatur und würde gerne einmal Papua-Neu Guinea sehen.

Da sie noch lange nicht die perfekten Segler waren, kamen sie zu dem Entschluss, immer den Wind auszunützen und zwar egal wohin der sie treiben würde.

Sie fuhren eine Woche kreuz und quer in Gebieten herum, welche Jo schon geraume Zeit nicht mehr auf seinem Kartenmaterial fand. Dann traf ein, was sie schon seit längerem befürchteten. Es zogen dunkle Wolken auf und der Wind wurde zunehmend heftiger. „ Wir ziehen lieber unsere Schwimmwesten an, denn wenn es noch heftiger wird, haben wir vielleicht keine Zeit mehr." Sie holten die Segel ein, weil der Wind jetzt in einen gewaltigen Sturm überging. Sie setzten ein Minisegel von einem Quadratmeter damit sie nicht zum Spielball des Sturmes wurden. Der Sturm hatte eine solche Intensität erreicht, dass Jo das Ruder kaum mehr halten konnte. Er schrie Jo-Ann zu, sie solle sich mit einem Tau festbinden, aber mit einem schnelllösbaren Knoten. Der Sturm tobte Stunde um Stunde und sie konnten sich kaum mehr auf den Beinen halten. Es wurde immer schlimmer. Meterhohe Wellen brachen über das Boot. Sie klammerten sich beide nur noch fest aneinander und beteten, dass es endlich aufhören sollte.

Dann kam die Monsterwelle und hob sie mindestens zehn Meter hoch. Diese brach plötzlich seitlich weg und ihr Boot schlug um. Sie klammerten sich verzweifelt an das Ruder doch ihre Kräfte liesen schnell nach. So furchtbar wie der Sturm kam, so schnell hörte er wieder auf. Urplötzlich war es Totenstill. Jo sah sich nach Jo-Ann um, konnte sie aber nicht entdecken. Er sah ihr Boot ein paar hundert Meter auf der Seite liegen. Langsam schwamm er darauf zu, immer ihren Namen rufend. Als er am Boot ankam sah er sie. Sie hing noch an dem Tau mit welchem sie sich festgebunden hatte. Jo schwamm so schnell er konnte auf sie zu. Er hob ihren Kopf hoch um nachzusehen wie es ihr ging. Sie atmete noch und er versuchte sofort ob er Mund zu Mund Beatmung anwenden konnte. Nach einer Weile begann sie zu husten und sie musste sich ganz schlimm übergeben. Dann schlug sie die Augen auf und als sie Jo sah, huschte ein Lächeln über ihr Gesicht. Als ihr Adrenalinspiegel wieder auf Normalhöhe war, machte Jo sich daran das Boot zu untersuchen ob noch etwas brauchbares vorhanden war. Sie hatten eine kleine Rettungsinsel mit auf ihre Reise genommen, diese wollte er als erstes suchen. Er fand sie halb eingeklemmt, aber mit vereinten Kräften bekamen sie sie frei. Jo zog an der Reißleine und die Rettungsinsel blies sich automatisch auf. Jo half Jo-Ann hinein, er aber wandte sich wieder ihrem Boot zu. Das erste was er suchte, war Trinkwasser und Verpflegung. Er fand noch zwei zwanzig Liter Kanister aber keine Verpflegung. Als er diese in der Rettungsinsel hatte, stieg er selbst mit hinein um die dort vorhandene Ausrüstung zu überprüfen.

Er fand zwei Paddel, ein Funkgerät, wasserdicht verpackte Schokoladenkekse und zwei warme Decken welche auf einer Seite mit Gummi beschichtet waren. Jo war zufrieden, alles was sie hatten half ihnen mindestens eine Woche zu überleben. Seine Laune verschlechterte sich schlagartig als er das Funkgerät in Betrieb nehmen wollte. Erst gab es keinen Ton von sich, dann hörte er ein leises Rauschen. Sofort drückte Jo die Notruftaste von welcher automatisch SOS – Signale abgesandt werden.

„ Wie geht es dir?" fragte er Jo-Ann. „ Viel besser aber noch nicht zum Bäume ausreißen" Jo war im Großen und Ganzen zufrieden. Er war sich nur nicht sicher was sie jetzt tun sollten. „ Was meinst du, sollen wir hier bei unserem Boot bleiben, oder versuchen eine Meeresströmung zu finden und uns einfach treiben lassen." „ Wir warten bis morgen, dann entscheiden wir." Meinte Jo-Ann.

Am nächsten Morgen entschieden sie sich für eine Weiterfahrt mit ihrer Rettungsinsel. Der Grund war der endgültige Kollaps des Funkgerätes. Jo schwamm noch einmal zu ihrem gekenterten Boot. Er schnitt mit dem Messer ein großes Stück aus dem Segel heraus. Damit wollte er ein Notsegel basteln. Da fiel ihm siedend heiß ein, dass sie ja noch eine Angel an Bord hatten. Er musste mehrmals tauchen, um an die Stelle zu kommen wo die Angel verstaut war. Außer ein paar Angelhaken fand er nichts mehr. Er schnitt noch ein paar Meter von einem Tau ab, dann schwamm er zu ihrer Rettungsinsel zurück. Nachdem sie ein kleines Notsegel angefertigt hatten, ließen sie sich treiben.

Nach ungefähr zwei Tagen wurde ihnen schon ein wenig mulmig. Soweit das Auge reichte, nur Wasser. Und wohin sie das bisschen Wind trieb, wussten sie auch nicht.

Ein paar Tage später hatten sie nichts mehr zu Essen, und auch das Trinkwasser wurde knapp. Sie hatten schon die Hoffnung aufgegeben, da verdunkelte sich die Sonne und ein Sturm kam auf. Jo hatte die Hoffnung, sie würden durch den Sturm in die Richtung von Land getrieben werden. Sie holten ihr Segel ein und machten die Rettungsinsel dicht. Der Sturm wütete mehrere Stunden und wirbelte sie hin und her. Als der Sturm langsam nachließ, hatten sie jegliches Zeitgefühl verloren. Es war ihnen unmöglich zu sagen, ob der Sturm zwei oder drei Tage gewütet hatte. Als sie nichts mehr spürten und hörten, machten sie vorsichtig die Rettungsinsel auf.

Das erste was sie sahen, war ein dunkler Streifen am Horizont. Jo kniff die Augen zusammen und zog zitternd Jo-Ann zu sich hoch. „ Wenn das kein Land ist, ertränke ich mich sofort." Jo-Ann flüsterte mit tränenerstickter Stimme: „ Ich glaube wir haben es geschafft." Sie griffen nach den Paddeln und paddelten wie wild in die Richtung in welcher sie das Land gesehen hatten. Bald merkten sie, dass eine leichte Dünung ihnen behilflich war.

Nach ein paar Stunden sanken sie an einem herrlichen Sandstrand weinend zu Boden. Sie rappelten sich auf und gingen etwas unsicher auf die Bäume zu. Plötzlich kamen ihnen ein paar freundlich lachende Eingeborene entgegen. Diese machten ihnen Zeichen, dass sie ihnen folgen sollten. Nach einer Weile lichtete sich der Dschungel und sie kamen zu einer Lichtung auf welcher ein paar Hütten standen. Sofort waren sie von Frauen und Kindern umringt die alle nackt waren und freundlich lachten. Jo und Jo-Ann wurden von ein paar Frauen entkleidet und zur Mitte des Dorfplatzes geführt. Ein paar andere Frauen brachten ihnen verschiedene Früchte zum Essen. Heißhungrig schlangen sie diese hinunter.

Als der Dorfälteste sie wortlos begutachtet hatte, wurden sie zu einer Hütte geführt wo sie sich schlafen legen konnten.

Am nächsten Morgen gab es wieder Früchte zum Frühstück. Dann fiel ihnen ein geschäftiges Treiben auf. Die Männer sammelten Holz und errichteten zwei große Feuerstellen. Jo-Ann freute sich und meinte: „ Heute gibt es endlich etwas richtiges zum Essen." Jo gab ihr keine Antwort. Er betrachtete das Treiben der Eingeborenen mit gemischten Gefühlen. Dann wusste er was auf sie zukam. Er drehte sich zu Jo-Ann um und sagte leise: „ Du hast recht, es gibt etwas zu essen, aber nicht für uns. Wir sind das Essen, das sind Kannibalen."

*Die Tragödie liegt bisweilen gerade darin,
dass sie nicht erkannt wird.
Leonid Leonidow (Aphoristiker)*

Amazonas

Robert und Louise schauten sich mit gemischten Gefühlen die Cessna an. Diese hatten sie von einem erfahrenen und ortskundigen Piloten ge- chartert. Sie wollten den Amazonas und den gewaltigen Regenwald einmal von oben sehen. „ Mein Gott, mit dieser Rostbeule sollen wir fliegen?" Louise schaute Robert entsetzt an. Robert grinste: „ Wahrscheinlich kommt sie gar nicht vom Boden hoch, dann hat sich alles von selbst erledigt." Sie schauten sich an und mussten laut lachen. Das Lachen verging ihnen, als sie die abgerissene Gestalt mit dem riesigen Schnauzbart um die Ecke kommen sahen. Dieser grinste: „ Sind sie meine Fluggäste? Ich bin Enrico und ich freue mich sie zu sehen." Robert stellte sich und Louise vor und meinte mit einem skeptischen Blick auf die Cessna: „ Kommen wir mit diesem Gerät überhaupt bis zum Amazonas? Es sieht nicht sehr vertrauenerweckend aus." Enrico hob beide Hände und sagte mit einem leicht beleidigten Tonfall: „ Außen sieht mein Liebling nicht besonders gut aus, aber technisch ist sie auf dem neuesten Stand." „ Na, dann wollen wir mal." meinte Robert. Sie nahmen ihre Kleidung zum Wechseln und ein paar Flaschen Mineralwasser und kletterten in die Cessna.

Hinter dem Pilotensitz waren zwei Sitze auf welchen sie Platz nahmen, sobald sie ihre Taschen verstaut hatten. Dann kam Enrico und setzte sich auf den Pilotensitz. Das erste was er tat, war sich mehrmals zu bekreuzigen. Dann hängte er einen alten und abgeschabten Rosen- kranz vor sich an den Steuerknüppel. Louise bekam wieder einen entsetzten Gesichtsausdruck und kreisrunde Augen. Robert hatte richtige Tränen in den Augen. Nicht weil er Angst hätte, sondern weil er sich innerlich totlachte. Louise boxte ihm in die Seite, damit er aufhörte zu prusten und zu keuchen. Enrico drehte sich zu ihnen um und fragte ob sie bequem saßen und ob er losfliegen könnte.

Enrico drehte den Zündschlüssel und der Motor sprang mit viel Keuchen und Husten an. Als der Motor einigermaßen rund lief, sprach Enrico in sein Funkgerät: „ Tower, erbitte Startfreigabe." „ Du Blödmann, was fragst du noch, du machst ja doch was du willst. Mach dich vom Acker." Enrico grinste nach hinten: „ Das war ein Freund von mir." Er gab Gas und die Maschine rollte holpernd auf die Startbahn zu. Als sie auf der Startbahn standen, gab Enrico Vollgas und die Cessna rollte überraschend schnell los. Nach kaum einhundert Metern hob sie von der Erde ab und Enrico flog eine große Schleife. Nach ein paar Minuten hatten sie eine beachtliche Höhe erreicht und Enrico setzte sich bequemer hin. „ Sehen sie, dort ist die Mündung des Amazonas. Wir werden immer dem Verlauf des Stromes folgen, dann können wir uns niemals verirren, und sie werden den schönsten Regenwald der Welt sehen."

Nach einer Flugzeit von ungefähr zwei Stunden, sagte Enrico: „ Wir kommen jetzt zu einem kleinen Flugplatz, da werden wir vorsichtshalber noch nachtanken." Dann sahen sie eine freie Fläche im Wald auf die Enrico zusteuerte.

Nach einer sehr holprigen Landung auf einem ackerähnlichen Gelände kamen sie zum Stehen. Enrico drehte sich um und grinste: „ Alles klar meine Damen und Herren? Wir werden jetzt tanken und können in dieser Zeit noch etwas trinken, bevor wir dann weiterfliegen. Robert und Louise holten sich in der Hütte welche am Rande der Landebahn stand, noch zwei Flaschen Mineralwasser. Sie schlenderten in Richtung Wald, als plötzlich Enrico laut hinter ihnen rief, sie sollten sich auf jeden Fall in Sichtweite aufhalten.

Nach ungefähr einer Stunde rief Enrico, dass sie weiter fliegen würden. Sie kletterten in die Cessna und nach einigem husten sprang der Motor an und sie holperten wieder über die Piste. Erst kurz vor dem Ende der Startbahn zog Enrico die Maschine hoch und schaffte es gerade noch über die Baumwipfel. Er flog eine Schleife bis er wieder zum Amazonas kam und dessen Verlauf folgte. Robert und Louise sahen gespannt aus dem Fenster, wobei sie viele Fotos machten, welche sie später in ihrer Reportage unterbringen wollten.

Sie waren beide für eine Umweltorganisation tätig und wollten über den Regenwald und die letzten Bewohner die dort lebten schreiben. Sie waren schon ungefähr eine Stunde in der Luft, als plötzlich Enrico einen kleinen Schrei ausstieß. Robert und Louise fuhren erschrocken zusammen und Herb fragte: „ Was ist den los?" Enrico drehte sich um und meinte mit ängstlichem Gesicht: „ Der Motor läuft nicht mehr rund. Ich habe den Verdacht, dass in dem Sprit, den wir zuletzt getankt haben, Wasser war." Sie hörten und spürten wie der Motor immer öfters spukte und hustete. „ Wo können wir runter?" fragte Robert. „ Hier gibt es weit und breit nichts wo wir landen könnten." stöhnte Enrico, der immer wieder die Mutter Gottes um Hilfe anflehte. „ Wir müssen sehen, dass wir einen etwas breiteren Uferstreifen finden wo wir eine Notlandung versuchen können." Robert lief es eiskalt den Rücken herunter und Louise zitterte am ganzen Körper. Der Motor lief jetzt immer öfters unrund und es sah so aus als würde es nicht mehr lange gehen bis er ganz ausfiel. Ihre Geschwindigkeit verringerte sich immer mehr. Plötzlich sagte Enrico: „ Da vorne sieht es so aus, als würde das Ufer etwas breiter sein, da gehen wir runter." Robert und Louise drückten sich fest in ihre Sitze und hielten die Arme über den Kopf, um diesen zu schützen.

Enrico fing jetzt laut an zu beten, dann ein lautes Knirschen und Krachen als die Cessna Büsche und Bäume streifte. Sie wurden mehrmals um die eigene Achse geschleudert, bis sie plötzlich mit einem letzten Aufheulen des Motors zum Stehen kam. Nach einer Weile kam Robert wieder zu sich. Er hatte Probleme sich zu bewegen, da sein Körper furchtbar schmerzte. Er drehte sich zu Louise um, welche ohne Besinnung zusammengesunken in ihrem Sitz hing. Robert tastete nach seinem Gurt und öffnete ihn. Dann kroch er zu Louise hinüber und drehte ihren Kopf vorsichtig in die richtige Richtung. Als sie plötzlich zu stöhnen begann, war er sichtlich erleichtert. Sie öffnete die Augen und als sie sah, dass Robert bei ihr war lächelte sie ein wenig. „ Das war eine mustergültige Landung" grinste Robert. „ Was macht eigentlich unser Pilot" fragte Louise. Robert drehte sich langsam zum Pilotensitz um. Enrico war nicht angeschnallt und dadurch zwischen Pilotensitz und Armaturen eingeklemmt. Robert wollte ihn aufrichten, als er plötzlich die leblosen Augen von Enrico sah. Dieser hatte sich bei dem Aufprall das Genick gebrochen. Er schaute zu Louise und schüttelte mit dem Kopf. Diese fing leise an zu weinen. Als sie sich beide etwas beruhigt hatten, begannen sie sich aus der Maschine zu befreien. Dieses Unterfangen war sehr mühsam, da ihnen jeder Knochen am ganzen Körper wehtat. Als sie wieder festen Boden unter den Füßen hatten, sahen sie dass ihr Flugzeug ein einziger Schrotthaufen war. Da sie ohne Knochenbrüche und größere Verletzungen davon gekommen waren, umarmten sie sich innig und weinten beide still vor sich hin.

Als sie sich beide beruhigt hatten, schaute Robert sich um. Rechts von ihnen, floss der Amazonas und links war undurchdringlicher Dschungel. Die kargen Vorräte, welche sie noch in der Cessna fanden, beliefen sich auf drei Flaschen Mineralwasser und eine Packung Kekse. Bei Enrico fanden sie noch eine halbe Flasche Rum. Sie setzten sich auf einen Baumstamm und beratschlagten was sie tun wollten. Sie kamen zu dem Ergebnis, bei der havarierten Maschine zu bleiben, weil man sie dort am leichtesten finden würde.

Schmutzig und verschwitzt wie sie waren, kamen sie auf die Idee sich erst einmal zu waschen. Sie zogen sich aus und gingen an das Flussufer. Das Wasser war zwar warm, aber als sie beide hineinsprangen doch recht erfrischend.

Als die Suchmannschaft bei der Cessna eintraf, sah der Leiter der Truppe sofort was geschehen war. „ Hier liegt die Kleidung der beiden und die Spuren führen direkt ins Wasser. Konnten sich die beiden Idioten nicht vorstellen, dass es hier eventuell Piranhas gibt?"

Es gibt keine Sünde, nur Dummheit (Oskar Wild)

Späte Rache

Die Beerdigung zog sich endlos hin. Der Verblichene war ein angesehener Bürger der Stadt. In fast sämtlichen Vereinen war er Mitglied gewesen. Schon deshalb fühlte sich jeder Verein verpflichtet, eine Lobrede auf den Verstorbenen zu halten. Nirgendwo wurde so viel gelogen wie auf einer Beerdigung. Der Pfarrer musste auch noch seine Rede halten, obwohl er dies bei Selbstmord eigentlich nicht tun dürfte. Aber eine großzügige Spende, welche er in bar erhielt, hatte ihn recht schnell umgestimmt.

Dieses war der dritte Selbstmord eines angesehenen Bürgers von Salem in den vergangenen anderthalb Jahren. Die Polizei hatte sich auch schon dafür interessiert. Da aber alle drei aus wohlhabenden Familien stammten, und keine armen Verwandten vorhanden waren, konnte die Polizei in dieser Richtung nichts finden. Alle drei stammten aus Familien welche schon seit Generationen in Salem ansässig waren.

Donna eine schlanke schwarzhaarige Mittdreißigerin zuckte laufend mit ihrer Hüfte hin und her. Auch fasste sie sich laufend an ihr Hinterteil. Der junge gutaussehende Typ rechts hinter ihr, kam mit dem Grinsen nicht mehr nach. Er rückte näher an Donna heran und fragte leise: „Haben sie ein Problem, kann ich ihnen irgend- wie helfen?" Donna fauchte ihn an: „ Wenn sie unbemerkt meinen Slip zwischen meinen Arschbacken herausbekommen, lade ich sie nachher zu einem Bier ein." Ronny musste sich zusammennehmen um nicht laut loszulachen. Er rückte noch näher an Donna heran und flüsterte: „ Ich probiere ob ich ihnen helfen kann." „ Wenn sie mich berühren, trete ich ihnen hier auf dem Friedhof in die Eier." „ Ok, keine Angst, ich wollte nur höflich sein." Donna musste jetzt selbst grinsen. „ Wir können aber trotzdem nachher noch etwas trinken gehen" raunte sie ihrem Hintermann zu. Dieser nickte sofort und setzte wieder sein unverschämtes Grinsen auf.

Als der letzte Redner mit seinen schleimigen Lobhudeleien zu Ende war, atmeten die meisten Anwesenden hörbar auf. Langsam schoben sich alle in Richtung Ausgang. Donna und Ronny blieben etwas zurück und liesen die Anderen erst mal vorbei. Als sie dann endlich auf dem Parkplatz angekommen waren, fragte Ronny Donna ob sie eine Idee hätte wo sie hingehen konnten. „Übrigens, ich heiße Ronny" „ Ich bin Donna" Donna erklärt ihm den Weg zu einem kleinen Café. Als sie dort ankamen, ging Donna zuerst hinein und steuerte eine nicht einsehbare Nische an. Als sie sich setzten, meinte Ronny grinsend: „Entweder wollen sie nicht von ihrem Mann erwischt werden, oder sie wollen mit mir alleine sein." „Meinen Mann habe ich zum Teufel gejagt und mit ihnen wollte ich mich nur ein wenig unterhalten, um das ganze verlogene Geschwätz zu vergessen." Ronny nickte: „ Während sie ihren Slip in Ordnung bringen, werde ich uns etwas bestellen." Donna stand auf und ging in Richtung Toiletten. Ronny bestellte für jeden einen großen Becher Kaffee und zwei riesige Stück Kuchen. Als Donna zurückkam strahlte sie: „Jetzt geht es mir wieder gut."

Im Laufe des Gesprächs begannen sie von sie auf du über zu gehen. Ronny erzählte, das der Verstorbene ein entfernter Onkel von ihm war. Donna wurde neugierig und konnte gar nicht genug über die Verwandten von dem Verstorbenen erfahren. Als sie nach zwei Stunden wieder bei ihren Autos waren, tauschten sie noch ihre Handynummern aus und trennten sich dann. Nachdem Ronny weggefahren war, griff Donna zu ihrem Handy und drückte eine Nummer auf der Kurzwahltaste. „Der Typ den ich abgeschleppt habe, war ein Neffe des Verstorbenen. Aber keiner aus der direkten Linie, sondern aus einer Seitenlinie. Ich glaube der ist harmlos." Donna vereinbarte mit ihrer Gesprächspartnerin, dass sie sich am übernächsten Tag bei ihr zu Hause treffen wollte.

Als Kelly Scott vor dem Haus von Donna Parker anhielt, hupte sie zweimal. Sofort ging die Tür auf und Donna kam Kelly lachend entgegen. Sie begrüßten sich mit Küsschen auf die Wangen. Dann hängte sich Kelly bei Donna ein und sie gingen leicht beschwingt ins Haus. Donna hatte schon Snacks und etwas zu trinken vorbereitet. Als sie zu Essen anfingen meinte Donna: „Das war jetzt der Dritte, mal sehen wie viele wir noch finden." Kelly war an der Universität von Boston Historikerin für amerikanische Geschichte. Mit einem tiefen Seufzer sagte sie: „Bis jetzt ist es nur noch einer, aber ich hoffe, dass wir noch mehr entlarven können. Manche sind weggezogen, viele sind schon damals geflüchtet und bei einigen hat sich im Laufe der letzten dreihundert Jahre der Name geändert." Donna nickte: „Wichtig ist, dass wir damit angefangen haben. Schade, dass die anderen beiden von uns nicht bereit sind uns zu helfen." Kelly sagte: „Andererseits haben sich beide schon positiv über unsere Aktionen geäußert." Beide waren der Meinung sie sollten erst mal eine Zeitlang nichts tun. Sie verbrachten noch einen schönen Nachmittag miteinander. Bevor sie sich noch von einander verabschiedeten sagte noch Donna zu Kelly: „Bei dem letzten Typ den wir noch im Visier haben, sollten wir besonders vorsichtig sein. Der war erst lange Jahre Sheriff, bevor er dann zum Bürgermeister gewählt wurde. Der ist kein so ein Weichei wie die anderen." Kelly nickte: „Wir müssen die nächsten Monate herausfinden, ob er irgendwelche Schwachpunkte hat." Sie trennten sich mit einer innigen Umarmung wobei sie noch vereinbarten, dass sie nicht so oft Kontakt miteinander haben sollten.

Donna arbeitete seit ihrer Scheidung bei einer großen Versicherung. Da sie bei ihrer Scheidung eine mehr als großzügige Abfindung erhielt, musste sie eigentlich nicht mehr Arbeiten. Erst als sie bemerkte, dass ihr zu Hause die Decke auf den Kopf fiel, hatte sie sich um diesen Job, der zufällig frei wurde, beworben. Kelly kannte sie noch aus ihrer

Schulzeit. Schon damals waren sie beste Freundinnen und unzertrennlich. Als sie in das Berufsleben eintraten, sahen sie sich nicht mehr so oft. Doch dann als Kelly ein paar Jahre als Historikerin arbeitete, stieß sie auf ein furchtbares Geheimnis welches sie noch fester miteinander verband. Als sie dieses Geheimnis Donna mitteilte, war diese entsetzt. Dann, als sie beide diese Geschichte verdaut hatten, beschäftigten sie sich intensiver damit. Je mehr sie darüber erfuhren, desto schlimme wurde ihr Geheimnis.

Kelly war während ihrer Arbeit als Historikerin auf die Hexenverfolgung von Salem gestoßen. Da sie aus Salem stammte, interessierte sie sich genauer für diese furchtbare Geschichte, welche im Jahre 1692 begann. Im Laufe ihrer Nachforschungen wurde sie von einigen entsetzlichen Tatsachen überrascht. Sie war, wie auch ihre Freundin Donna direkte Nachkommen von zwei Frauen welche als Hexen im Jahre 1692 hingerichtet wurden. Als sie dann noch zwei andere Personen fand, welche genau wie sie und Donna Nachfahren von hingerichteten Frauen waren, gab es kein Zurück mehr. Sie durchforstete Archive und Bibliotheken und fand auch noch vier

Nachkommen von Anklägern, welche bei den Hexenprozessen die Urteile fällten.

Donna und Kelly waren sich schnell einig, dass sie sich für diese Gräueltaten an ihren Vorfahren rächen sollten. So schafften sie es mit Psychoterror und heimlicher Verabreichung von Drogen und Halluzinogenen die drei bisher Beerdigten zum Selbstmord zu treiben.

Dann, eines Tages als Donna gerade von der Arbeit nach Hause kam, klingelte ihr Handy. Es war Ronny, den sie auf der Beerdigung kennengelernt hatte. „ Hallo, was macht dein Slip. Kann ich dir noch irgendwie behilflich sein?" Donna lachte und meinte: „Mal sehen was sich machen lässt. Bist du wieder in der Nähe?" „ Ja, Morgen hätte ich Zeit, da könnten wir zusammen essen gehen." „ Morgen gegen Mittag könnten wir uns treffen."

Sie vereinbarten noch den genauen Zeitpunkt und das Lokal in welchem sie sich treffen wollten, dann beendeten sie das Gespräch. Donna grinste als sie an Ronny dachte und unter welchen Umständen sie sich kennenlernten. Ein wohliges Gefühl überkam sie, als bei ihr der Gedanke aufkam, man könnte doch vielleicht nur einmal wieder mit einem Mann etwas machen. Sie verwarf aber diesen Gedanken aber sofort wieder, weil sie und Kelly sich geschworen hatten, erst ihre Mission zu erfüllen.

Donna informierte Kelly von ihrem geplanten Treffen mit Ronny. Diese meinte sie würde die verwandtschaftliche Verbindung von Ronny zu dem letzten Verstorbenen überprüfen. Am nächsten Morgen klingelte es bei Donna Sturm. Kelly stand vor der Tür und stürmte an Donna vorbei in das Haus. „Dein Ronny ist mit überhaupt niemand von den dreien verwandt. Der wurde bestimmt auf uns angesetzt." „Mein Gott, was sollen wir tun?" „Beweisen kann uns niemand etwas, ich glaube wir sollten uns diesen Ronny einmal etwas genauer ansehen." Sie kamen überein, dass sie nachmittags Ronny gemeinsam treffen wollten.

Als der Zeitpunkt näher rückte, welchen sie vereinbart hatten, wurden beide immer nervöser. Dann war es soweit. Sie betraten das Lokal in dem sie sich verabredet hatten. Ronny war schon da. Er stand sofort auf und kam ihnen entgegen. Ein Küsschen links und rechts und alle strahlten sich an wie Honigkuchenpferde. „ Du bist noch viel schöner geworden seit wir uns das letzte Mal gesehen haben." strahlte Ronny Donna an.

„Hör auf rum zu schleimen, du darfst trotzdem meinen Slip nicht rausholen. Übrigens das ist meine Freundin Kelly." „Mensch bin ich ein Glückspilz, dass ich mit zwei so schönen Frauen zusammen sein darf." Sie lachten alle drei und setzten sich an den Tisch von welchem Ronny aufgestanden war.

Ronny interessierte sich sehr dafür, warum Donna auf dieser Beerdigung war. Da sie mit dem Verstorbenen nicht verwandt war, und auch kein Mitglied in einem Verein war, musste sie Ronny erklären, dass ihr Arbeitgeber sie dorthin gesandt hatte. Das stimmte zwar nicht, aber Ronny glaubte dies sofort, weil Versicherungen bei Selbstmord immer misstrauisch sind. Ronny lies nicht locker und wollte wissen ob sie auch bei den anderen Beerdigungen der durch Selbstmord ums Leben gekommenen anwesend war.

Diese gezielte Neugier von Ronny machte Donna zunehmend misstrauisch. Sie fragte Ronny: „Hast du die anderen auch gekannt?" „Nein aber ich habe gehört, dass alle drei Selbstmörder in den gleichen Vereinen waren. Deshalb würde mich interessieren ob es dort vielleicht irgendwelche Probleme gegeben hat" Donna schüttelte den Kopf: „Da habe ich noch nie etwas gehört."

Ihre Unterhaltung drehte sich immer wieder um Selbstmord im Allgemeinen und die drei aus Salem im Besonderen. Kelly, welche die ganze Zeit aufmerksam zugehört hatte, meldete sich zu Wort: „Kannst du uns einmal erklären, warum du ein so großes Interesse an den drei Verstorbenen hast?" Ronny schob alles auf seine Verwandtschaft mit dem letzten Verstorbenen. Als Kelly nicht locker lies stand Ronny auf und sagte: „Mir ist eben eingefallen, dass ich noch einen Termin habe, den ich nicht verschieben kann. Aber nächstes Wochenende habe ich Zeit genug, dann würde ich euch gerne einladen zu einem ganz besonderen Erlebnis." Donna blickte Kelly an und sagte: „Das wäre prima. Wir freuen uns jetzt schon." Ronny verabschiedete sich hastig und verlies etwas überstürzt das Lokal. Kelly schaute Donna an und meinte: „Der Bursche hat Dreck am Stecken, da bin ich mir absolut sicher." Donna nickte und sagte: „Warten wir nächstes Wochenende ab, dann werden wir mehr wissen."

Dann war es soweit. Ronny holte sie zu Hause ab: „ Wir fahren ungefähr eine Stunde zu einer Grillhütte, wo wir einen herrlichen Abend verbringen werden." Kelly grinste: „

Wenn du aber meinst, du kannst uns beide flachlegen, hast du dich aber getäuscht." Ronny lachte: „ Nein, ich habe eine ganz andere Überraschung für euch." Ronny fuhr in die Berge. Irgendwann bog er in einen kleinen Waldweg ein. „ Noch zehn Minuten, dann sind wir dort." Dann kamen sie zu einer großen Lichtung, auf welcher ein recht großes Blockhaus stand. „ Jetzt nehmen wir erstmal einen Drink, dann zeige ich euch alles." Sie gingen in die Hütte und waren sofort begeistert. Sie staunten über eine perfekt eingerichtete Hausbar. Rony mixte ihre Drinks und meinte: „Na, habe ich euch zu viel versprochen?" „Nein, das ist große Klasse hier." „Dann wollen wir mal einen Schluck zu uns nehmen." Sie prosteten sich zu und stellten ihre Gläser erst ab, als diese leer waren.

Ronny stand auf: „Ich werde euch jetzt mal die Umgebung zeigen." Sie verließen die Hütte und Ronny deutete auf den riesigen gemauerten Grill: „ Hier steht unser Grill und dort hinten haben wir das Brennholz sitzen." Plötzlich stöhnte Donna: „Ich glaube mir wird schlecht. Bei mir dreht sich alles" „ Ach Gott, bei mir auch" stammelte Kelly leise. Rony lachte leise vor sich hin und holte sein Handy

hervor. Er tippte eine Nummer ein und als sein Gesprächsteilnehmer sich meldete sagte er nur kurz: „Ihr könnt kommen es ist soweit."
Donna und Kelly kamen fast gleichzeitig wieder zu sich. Kelly durchschaute sofort ihre Lage. Sie standen beide gefesselt an dicken Pfosten welche fest im Boden verankert waren. Um sie herum waren dicke Reisigbündel bis in Brusthöhe geschichtet. Donna und Kelly schauten sich an. Das kalte Grauen stand in ihren Gesichtern. „Ihr habt wohl gedacht, ihr könnt einen nachdem anderen von uns ins Jenseits befördern." Der Sprecher, der in ihr Blickfeld trat grinste sie an. Als sie ihn sahen, wussten sie, dass sie keine Chance mehr hatten. Es war ihre geplante Nummer vier, der Bürgermeister und ehemalige Sheriff. „ Ihr seid direkte Nachfahren von Hexen, welche hingerichtet wurden. Auf Grund eurer Schandtaten, welche ihr an unseren Freunden begangen habt, müsst ihr jetzt sterben." Er drehte sich um und gab Ronny ein Zeichen. Der nahm zwei Säcke und stülpte sie den beiden über den Kopf. Beide brachten vor Angst kein Wort heraus. Dann nahm Rony einen Kanister und schüttete Benzin auf die beiden Scheiterhaufen. Jetzt konnte er mit einem

Streichholz sein grausames Werk vollenden.........

Wer Menschenblut vergießt, dessen Blut soll auch von Menschen vergossen werden.
  Moses

Stimmen

Dr. Katryn „ Kate „ Forrester saß in ihrem Büro und wartete auf ihren letzten Patienten. Seit sie Psychotherapeutin war, hatte sie noch keinen so schwierigen Patienten wie Mark Ronner. Mal war er nett und zugänglich, dann wieder verschlossen und mürrisch.

Mark kam zu ihr weil er immer wieder irgendwelche Stimmen hörte, welche ihm befahlen Dinge zu tun die er nicht wollte. Zum Beispiel sollte er in der U-Bahn in der Rush Hour junge Frauen begrabschen. Als er die mehrmals getan hatte, fand er richtig Gefallen daran. Erst als eine kleine Rothaarige Zeter und Mordio schrie, und ihr Freund ihm ein blaues Auge verpasste, war ihm bewusst, dass er Hilfe benötigte. So kam er zu Kate in die Praxis.

Als Mark das Büro betrat, stellte sie erleichtert fest, dass er anscheinend bei guter Laune war. Das machte die Sache für sie leichter, als wenn er schlechte Laune hatte und auf alles nur unwirsch reagierte. Kate führte Mark in ihr Behandlungszimmer und bat ihn in einem Sessel welchen man zu einer Liege umfunktionieren kann, Platz zu nehmen. „Hallo Mark, ihnen scheint es ja gut zu gehen" begrüßte Kate ihn. „Ja, mir geht es recht gut. Ich glaube bei mir kommt mit der Zeit alles wieder in Ordnung." „Das freut mich, meinte Kate. Dann haben unsere Gespräche doch zu einem Erfolg geführt. Ob ihr Problem aber endgültig gelöst ist, wird sich in den nächsten Wochen noch herausstellen." „Mark grinste: „Wenn meine Stimmen mir wieder befehlen, ich solle jemand begrabschen, dann komme ich zu ihnen und wir machen das hier." Kate lachte: „Therapie am lebenden Objekt ist immer hilfreich." „Ich werde bei Gelegenheit auf ihr Angebot zurückkommen." Normalerweise war die Verabschiedung am Ende der Therapiestunde etwas gedrückt. Heute jedoch lachten beide und waren lustig und vergnügt wie noch nie.

Kate war erleichtert, dass diese Geschichte mit Mark so einfach und problemlos therapiert werden konnte. Sie hatte schon mehrmals Patienten welche auch Stimmen gehört hatten, jedoch hatte es in den seltensten Fällen etwas mit Schizophrenie zu tun. Oftmals hatten diese Patienten nur durch beruflichen Stress mit Albträumen zu kämpfen. Bei Mark hatte sie immer das Gefühl gehabt, dass es mehr in Richtung

Schizophrenie ging. Sie hoffte nur, dass er nicht so bald wiederkam.

Auch Mark war erleichtert, dass alles relativ leicht geklärt werden konnte. Als Mark in die U-Bahn stieg, überfiel ihn ein mulmiges Gefühl. Nach drei Stationen war ihm klar, er hatte es überwunden. Ein Glücksgefühl durchströmte ihn. Als er zu Hause ankam, zog er als erstes bequeme Kleidung an. Dann machte er ein Bier auf, setzte sich vor den Fernseher und genoss zum ersten Male eine wohltuende innere Ruhe.

Die nächsten Tage genoss er, wie schon lange nicht mehr. Auch bei seiner Arbeit in einer Werbe-
agentur lief alles so gut wie schon lange nicht mehr. Er ging auch wieder mit Arbeitskollegen nach der Arbeit auf einen Schlummertrunk in eine Kneipe. Das hatte er schon monatelang nicht mehr getan.

Kate wollte gerade zu Bett gehen als ihr Handy klingelte. Dieses Handy war nur für Patienten gedacht, welche außerhalb ihrer Praxiszeiten größere Probleme hatten. Als sie sich meldete, war Mark am anderen Ende, völlig aufgelöst schluchzte er ins Telefon: „Sie sind wieder da." „ Mark, keine Sorgen, wir hatten doch schon so viel erreicht, das schaffen wir wieder." „Nein, diesmal verlangen die Stimmen, dass ich etwas viel Schlimmeres tun soll." „Was ist es denn, erzählen sie mal." „Das kann ich nicht, das ist ganz furchtbar." „Wollen sie sofort kommen, oder gleich morgen früh als erster in der Praxis sein?" „Ich glaube ich komme sofort, bevor etwas Entsetzliches passiert." „Alles klar Mark, treffen wir uns in einer Stunde bei mir in der Praxis."

Zwei Tage später eine kleine Meldung in der Zeitung: Psychotherapeutin wurde in ihrer Praxis vergewaltigt und erwürgt aufgefunden.

Die Tragödie liegt bisweilen gerade darin,
dass sie nicht erkannt wird.
Leonid Leonidow (Aphoristiker)

Krawall in Walhall

In Walhalla, dem Götterhimmel der Germanen, war es ungewöhnlich ruhig. Normalerweise war es Sitte, dass man Tagsüber kämpft und nachts feiert. Doch heute war es scheinbar anders. Keiner der großen Kämpfer war zu sehen.

Odin der Chef von Walhalla und eine Stufe höher als die anderen Götter, hob stöhnend seinen Kopf und schaute mit blutunterlaufenden Augen in die Runde. Was er sah, war wieder einmal erschreckend. Überall in allen Ecken lagen Gestalten und schliefen ihre Räusche aus.

Odin probierte zu rufen, aber außer einem Krächzen brachte er nichts heraus. Er setzte sich auf und sah sich um. Je mehr er sah, desto mehr überkam ihn kaltes Grausen. In der gegenüber liegenden Ecke bewegte sich eine der Gestalten. Als dieser sich umdrehte, sah Odin, dass es Thor war. Der Gott des Donners und der Blitze stöhnte laut und als er sich aufsetzen wollte, musste er sich übergeben. Toll, dachte Odin, haben wir nicht schon genug Sauerei gemacht, jetzt kotzt der auch noch die ganze Bude voll.

Langsam kam Leben in die anderen Gestalten. Mit großem Jammern und Stöhnen richteten sich alle auf. Odin sagte: „ Entweder hat uns jemand etwas in den Met getan, oder wir haben einen unbeschreiblichen neuen Rekord im Saufen gebrochen." Einer der Gestalten probierte aufzustehen, konnte sich aber nur mühsam an der Wand hochziehen. Als Odin dies sah rief er ganz aufgeregt: „ Thyr, du als Kriegsgott solltest doch schon längst auf dem Schlachtfeld sein und uns ein paar neue Schädel von unseren Feinden bringen. Da bei jeder von unseren Saufereien ein paar zu Bruch gehen, benötigen wir unbedingt Nachschub an neuen Schädeln. Met ist nur genießbar wenn man ihn aus frischen Schädeln zu sich nimmt." Thyr fing an zu jammern: „ Chef, mir ist so schlecht, ich glaube ich muss heute mal aussetzen." Aus dem Hintergrund ertönte ein leises Kichern: „ Heute seid ihr Helden zu nichts zu gebrauchen." „ Freja, sei ruhig, du hast mehr gesoffen als die meisten anderen." Odin meinte etwas unwirsch: „ Hört auf, sagt mir lieber wo Thor ist." Alle schauten sich um, Thor war aber nicht zu sehen. Freja die Göttin der Liebe schickte eine ihrer Gefährtinnen hinaus um Thor zu suchen. Nach einer Weile kam diese zurück und konnte sich nicht mehr zurückhalten. Sie lachte lauthals und meinte dann kichernd: „ Thor rennt draußen herum und sucht seinen Hammer."

Freja konnte sich nicht mehr halten und wälzte sich lachend auf dem Boden herum: „ Genau wie letzte Nacht, als ich bei ihm war, da hatte er auch keinen Hammer." Odin raufte sich die Haare, es wurde immer schlimmer. Auf niemand konnte er sich mehr verlassen. Odin sah sich um: „ Wo ist eigentlich Hel unsere Göttin der Unterwelt?" Niemand hatte Hel gesehen. Odin schaute zu Freja hinüber: „ Kannst du noch einmal eine von deinen hübschen Gefährtinnen losschicken um Hel zu suchen?" Freja gab zwei von ihren Freundinnen, die Anweisung nach Hel zu sehen. Nach einiger Zeit tauchten diese wieder auf.

Im Schlepptau hatten sie Hel mit einem Jüngling, welcher ohne weiteres ihr Sohn hätte sein können. Sie sah recht ärgerlich aus.

„ Kann man nicht einmal mehr ein wenig Privatsphäre haben, was habt ihr denn jetzt schon wieder für ein Problem?" Odin sagte etwas barsch zu ihr: „ Thor hat Mist gebaut, wenn er seinen Hammer nicht findet, kann ich ihn nicht mehr gebrauchen. Dann kannst du ihn in deine Unterwelt mitnehmen." „Mensch Odin, dass kannst du mir nicht antun. Der bringt mir alles durcheinander, Thor ist der letzte den ich bei mir haben will." Odin winkte ab: „ Mach was du willst. Ich glaube Thors Tage sind sowieso bald gezählt."

„ Odin Odin schnell wo ist Thor? Ein Typ im schwarzen Gewand mit Namen Bonifatius will Thors Eiche fällen." Der Bote welcher die Nachricht überbrachte, war ganz außer Atem. Odin fuhr hoch: „ Was, die Donar Eiche soll gefällt werden? Sucht sofort Thor, der soll mit seinem Hammer Blitze auf diesen Bonifatius schleudern." Nach einer hektischen Suche wurde Thor gefunden. Er saß in einer dunklen Ecke und verbarg sein Gesicht in seinen Armen. „ Was soll ich nur tun, ich finde meinen Hammer nicht mehr."

Die Schreckensnachricht kam kurz darauf: „ Odin, die Eiche ist gefallen und nichts ist passiert. Die Germanen welche dort zusahen, glauben nicht mehr an dich."

Odin stand auf: „ Ich war lange genug Chef von Walhalla, ich will nicht mehr. Ich ziehe mich zurück, ihr könnt jetzt machen was ihr wollt."

Und somit hatten die Germanen eine neue Religion, welche bis zum heutigen Tag unser Leben beeinflusst.

Wer Glaube besitzt, besitzt alles
Nur der Glaube macht stark,
aber ist Stärke überhaupt erstrebenswert?
Ist nicht vielleicht Milde und Güte besser?
Wer wirklich gütig ist, kann nie unglücklich sein.
Wer wirklich weise ist, wird Milde und Güte
niemals vergessen.

Alfred Paetz

Epilog

(Epilog ist keine Schweinerei, sondern griechisch und heißt Nachwort)

Nachwort ist etwas Ähnliches wie Nachtisch. Oftmals gibt es nach dem Essen einen Nachtisch, um die Katastrophe, welche sich Essen genannt hat, vergessen zu machen. So auch das Nachwort. Es soll uns vorgaukeln, man sollte diesen Literarischen Genuss noch einmal besonders würdigen.
 Oder denen, die diesen Quatsch nicht richtig kapiert haben, nochmals erklären. Wer sollte da aber etwas erklären. Der Autor hat es ja selbst noch nicht kapiert. Er lag oft nächtelang wach, weil er sich Gedanken machte, wohin er unerkannt flüchten könnte, sollte dieser Erguss jemals gedruckt werden.
Wenn sie es geschafft haben, diese Geschichten zu lesen, dann wird Ihnen bewusst sein, wie es um den Autor bestellt ist. (ungeheuer sensibel)
 Er kam zu dem Ergebnis, dass er in der Wüste Australiens bei den Aborigines sich verstecken, oder in einem Iglu bei den Eskimos auf sein Ende warten sollte.

Nach reiflicher Überlegung kam er zu dem Ergebnis, er sollte noch ein paar Gedichte schreiben. Damit möchte er ein paar unbelehrbaren Kritikern auf die Nerven gehen. Mögen eigentlich Eskimos Gedichte?

Alfred Paetz

Scheisskrieg

Auf dem Schlachtfeld herrscht der Tod
es sterben viele Recken,
die Blumen sind vom Blut ganz rot
wir müssen unsre Wunden lecken.

Der König schickt uns in den Kampf
er meint dies wäre klug und weise
dabei ist dies der größte Krampf
doch sagen wir dies nur ganz leise.

Wenn ihm dies zu Ohren käme
wäre er ganz aufgebracht
er würde lachen voller Häme
und hätte uns dann umgebracht.

Die Mädchen und die Frauen weinen
weil ihre Männer nicht mehr sind
der Tod wird dereinst uns vereinen
wer sagt es nun dem kleinen Kind ?

Dass sein Vater weg gegangen
zurück blieb Mutter und ihr Kind
vom Feinde wurde er gefangen
wo viele dann geblieben sind.

Sie warteten gar viele Jahre
doch Vater kam nie mehr zurück
die Mutter liegt jetzt auf der Bahre
verlassen von ein wenig Glück.

Erwachsen wurde dann der Junge
zum Kämpfen zog er dann hinaus
und mit ihm zogen viele Dumme
vom Tod empfangen – welch ein Graus.

Sie wussten nicht was sie da taten
sie meinten noch sie seien Helden
als sie das Himmelstor betraten
der Herrgott wird es nicht vergelten.

Alfred Paetz